RUTH AFFOLTER

Ver-rücktes Erwachen

novum pro

Dieses Buch ist auch als e-book erhältlich.

www.novumverlag.com

Bibliografische Information der Deutschen Nationalbibliothek:

Die Deutsche Nationalbibliothek verzeichnet diese Publikation in der Deutschen Nationalbibliografie. Detaillierte bibliografische Daten sind im Internet über http://www.d-nb.de abrufbar.

Alle Rechte der Verbreitung, auch durch Film, Funk und Fernsehen, fotomechanische Wiedergabe, Tonträger, elektronische Datenträger und auszugsweisen Nachdruck, sind vorbehalten.

Gedruckt in der Europäischen Union auf umweltfreundlichem, chlor- und säurefrei gebleichtem Papier.

© 2024 novum Verlag

ISBN 978-3-99146-496-9
Lektorat: A. Petersen
Umschlagfoto:
Alenavlad I Dreamstime.com
Umschlaggestaltung, Layout & Satz:
novum Verlag

www.novumverlag.com

Es ist die Kälte, die mich schaudernd und vollends aus einem unruhigen Schlaf aufwachen lässt.

Ich kann nicht einmal mit Bestimmtheit sagen, ob ich nur gedöst oder aber tief und fest geschlafen habe. Mir fällt dazu ein, dass ich die große Pendeluhr in der Stube zu jeder Stunde schlagen hörte. Daher war mein Schlaf diese Nacht wohl nicht sehr tief und am heutigen Tag werde ich wohl immer wieder zwischendurch einnicken, weil ich mich, wie so oft in letzter Zeit, müde und erschlagen fühlen werde.

Aber nun ist mir kalt. Eisige Winde wehen um mich herum, ja sogar durch mich hindurch? Schnell will ich nach meiner Bettdecke greifen. Jedoch kann ich weder Hände noch Arme zum Handeln animieren? Es scheint mir, als hätten die sich aufgelöst?

Was ist denn passiert? Normalerweise kenne ich den Unterschied zwischen Traum und Wachsein! Doch meine ich zu wissen, der gegenwärtige Zustand ist weder noch?

Eigenartigerweise kann ich auch nichts Konkretes erkennen, denn ich bin komplett umgeben von einem diffusen Licht? Wie dichter Nebel und es ist mir nicht möglich, dadurch zu blicken!

Ab und zu schweben Schatten hin und her Sobald sie mir gegenüber baumeln, machen sie einen kurzen Halt und, ohne dass ich etwas Deutlicheres erblicken könnte, ziehen sie wieder achtlos weiter. Nur ihr modriger Gestank bleibt eine Zeitlang an mir hängen, bis auch der sich, zum Glück, wieder verflüchtigt.

Ich nehme an, dass die Schatten mich nicht bemerkt haben.

Vorhin war es mir gar nicht aufgefallen, aber ich bewege mich leicht wie ein Pendel hin und her. Ganz von alleine und ohne mein Zutun? Oder ist es der eisige Wind, der mich schwingen lässt? Nein, kann nicht sein, der Wind bläst aus einer anderen Richtung!

In meinem Innern beginnt es zu rumoren und auf einmal drängen starke und schwere Empfindungen, im Schwall aus meiner Bauchgegend heraus. Diese Kräfte umspannen mich im Nu wie Fesseln. Ihretwegen kann ich mich nirgendwohin bewegen und es gibt kein Entrinnen daraus!

Trotz der engen Fesseln fühle ich mich wie neu geboren, frisch und frei! All das Schwere ist nach außen gekehrt und liegt nicht weiter in meinem Innern! Meine bleiernen, ständig wiederkehrenden Gedanken haben sich aufgelöst? Es ist so, dass sich meine ganze Wahrnehmung in eine andere Dimension begeben hat. Das ganze Denken bereitet mir auf einmal keine Schwierigkeiten mehr. Alles erscheint mir klar und einfach.

Manche Alltagsbegebenheiten, die für mich unlösbar waren und die ich ganz frustriert in Gedanken zur Seite geschoben hatte, um sie zu vergessen, erklären sich in diesem Augenblick von alleine! Was für ein Wunder?

Es sind allesamt Muster, die sich in meinem gesamten Leben angesammelt und in Schichten aufgetürmt hatten, von sehr komplex bis ganz einfach. Immer wiederkehrend und für die mein dunstiger Verstand weder eine Alternative noch eine Lösung gefunden hatte!

Schon lange habe ich mich nicht mehr so leicht und wohl gefühlt! Einzig und allein die Kälte stört meinen perfekten Zustand! „Lügen", schreit sogleich alles in mir auf! Meine Gedanken geben mir unmissverständlich zu verstehen, dass es nicht der eisige Wind ist, der meinen Körper frieren lässt. Diese Kälte entspringt tief aus meinem Innern! „Aber sowas kann ja gar nicht sein!", will ich mich gleich wieder herauswinden. Meine eigenen Gedanken bezichtigen mich der Lüge? Ich soll diejenige sein, die durch all die Lügen mein Innerstes derart formte, dass ich nun friere! Denn mein Innerstes bin ich und ist untrennbar mit all meinen Sinnen und meinem Körper verbunden. Es geht nicht, diesen oder jenen Bereich von mir selbst einfach abzukoppeln und als etwas Separates, nicht mir Zugehöriges beiseitezustellen, und dann einfach zu behaupten, dieser Bereich sei schuld daran, dass ich nun friere!

Krass, diese Einsicht. Eine derartige Klarheit jagt mir sofort Angst ein! Diese Angst erzeugt wiederum eine noch stärkere Anspannung meiner Fesseln um mich herum. Für meinen Verstand ist das Ganze zutiefst gewöhnungsbedürftig. Ich alleine soll die Schuld dafür tragen, dass ich friere? Nicht irgendjemand anderes oder gar das Wetter!

Mit Widerwillen bleibt mir einfach nichts anderes übrig, als mir die Schuld einzugestehen. Augenblicklich entspannen sich die Gefühlsfesseln um mich herum ein wenig. Jedoch kann ich mich immer noch nicht aus ihnen befreien.

Keine Ahnung, wie ich dieser Kälte abhelfen könnte? Mit Kleidung jedenfalls nicht.

Da ich nur wie ein Pendel hin und her schwinge und ich mich nirgendwohin bewegen kann, tut sich nichts. Und weil ich nicht weiß, was das Ganze hier zu bedeuten hat, beginnt es mich zu nerven, dabei gehen kurze, grelle Blitze von mir ab. Doch sobald ich mich wieder beruhigt habe, scheint alles wieder „normal"?

Lange ist es her, seit ich solch abstruses Zeug geträumt hatte, zuletzt wohl in meiner Kindheit.

Aber warum nur meine ich, dieser Zustand sei nur ein Traum? Weiter fällt mir auf, dass kein einziger Schmerz mich plagt? Es fühlt sich an, als wäre die gesamte körperliche Last von mir abgefallen!

Die ständig präsenten, rheumatischen Schmerzen in meinen Gliedern existieren nicht mehr? Als ich vierzig Jahre alt war, bemerkte ich die ersten Schmerzen in den Achseln und den Fingergelenken. Die schmerzenden Schwellungen in den Fingern führen dazu, dass ich kaum etwas in den Händen halten kann und die Arbeiten im Haushalt liegen lassen muss. Nach und nach gesellten sich beide Knie, der Nacken und der Rücken dazu.

Zu Beginn genügte es, wenn ich mir Wärmekissen auflegte und die schmerzenden Gelenke regelmäßig mit Rheumasalbe einrieb.

In den letzten paar Jahren verschlimmerten sich die Schmerzen rasant. Meine Strategie mit Wärme und Salben hat nur noch bedingt geholfen. Heute kann ich an einer Hand abzählen, welche Gelenke noch nicht von dieser Krankheit befallen sind, wo sich noch nicht Knochen an Knochen reiben. Es ist mir auch nicht mehr möglich, die Finger zu strecken, die haben sich mit den Jahren derart verkrümmt, sodass ich Tassen und andere Gegenstände nur noch mit den Handballen greifen kann.

In all den Jahren mit dieser Krankheit ist kaum ein Tag vergangen, an dem ich keine Schmerzen erlebte. Mit Anbruch der kalten Jahreszeit und besonders, wenn sich Schnee ankündigt, werden die Schmerzen hochgradig. Erst da nehme ich die Pillen ein, die mir mein Arzt verschrieben hat. Ansonsten lasse ich lieber die Finger davon. Die lindern zwar den Schmerz in den Gelenken und hemmen die Entzündungen, andererseits verhalten sie sich dermaßen gallig in meinem Magen, dass ich nachts wegen Übelkeit und Schwindel nicht schlafen kann. Infolge der starken Nebenwirkungen wird auch mein Tagesablauf stark eingeschränkt. Nicht einmal meinen geliebten Kaffee vertrage ich mehr. Meine Magensäfte dulden da nur noch Kamillentee und Zwieback.

Vorausgesetzt ich sitze oder liege lange bewegungslos, fühlen sich die Gelenke wie eingerostet an. Laut meinem Hausarzt sollte ich die Glieder dann langsam bewegen, um sie wieder geschmeidiger zu machen. Vielfach vergesse ich aber das Durchbewegen oder bin zu faul dazu! Somit gestaltet sich das Aufstehen mühsamer und schmerzhafter.

Aber nun, was ist los und warum verspüre ich meinen Körper nicht mehr? In diesem trüben Licht vermag ich nicht einmal mehr, an mir herunter zu blicken?

Ohne große Anstrengungen, schnell und klar gelingt es mir; mich an gestern Abend zurückzuerinnern. Normalerweise wusste ich am nächsten Tag nicht mehr, was gestern gewesen war oder was ich am gestrigen Tag zu Mittag gegessen hatte? Welches Wetter herrschte oder um welche Jahreszeit es sich gerade handelte? Alles vergessen. Zu meiner Beruhigung redete ich mir ein, dass dies alles zu wissen, nicht wichtig war.

Also auf jeden Fall weiß ich, dass ich mir nach der Tagesschau unbedingt den Wochenkrimi anschauen wollte. Der Anfang war ja ganz passabel und versprach spannend zu werden. Nach dem Mord, gleich zu Beginn der Sendung, konnte ich dem Geschehen noch richtig gut folgen. Bald aber wurden auf einmal viele verschiedene Leute für die Tat in Betracht gezogen und die verschiedenen Zusammenhänge verwirrten mich immer mehr. Nicht einmal mit Fantasie vermochte ich die vielen unterschiedlichen Eventualitäten einzuordnen. Dabei musste ich mich ständig fragen, wer da von der Polizei und wer Zivilpersonen war? Die Flut an Informationen überforderte meinen Verstand komplett. Außerdem wurde derart schnell und in hochdeutscher Sprache gesprochen, dass ich einfach nicht mehr folgen konnte! Alles wurde zu einem Wirrwarr aus Gesichtern und Wörtern?

Um doch noch zu wissen, wer denn die junge, hübsche Frau dermaßen brutal ermordet hatte, hätte ich bis zum Schluss der Sendung ausharren müssen, dabei wäre ich womöglich eingeschlafen und erst wieder bei der nächsten oder gar übernächsten Sendung aufgewacht. So etwas hätte mich noch mehr geärgert. Also schaltete ich den Fernseher gleich aus. Natürlich genervt!

Maßlos enttäuscht, blieb ich in meinem Sessel sitzen und bedauerte ausgiebig meine schwindenden Sinne und meine Einsamkeit! Die ganze Bitterkeit von gestern Abend steigt wie harte Bänder in mir hoch, die mich umschlingen und weiter einengen.

Ich sehe mich, wie ich in meinem Sessel saß und mit den Tränen kämpfte, bevor ich gleich richtig zu weinen anfing. Und das wollte ich nicht, denn nach meinen vergangenen Erfahrungen würde es Tage dauern, bis ich aus meinem Bedauern herausfand. Mich endlich wieder dazu aufraffen könnte, um wieder einigermaßen normal zu leben und die Kraft für andere Dinge aufzubringen.

Also zwang ich mich gestern Abend dazu, sofort diese dunklen Gedanken zu verbannen und überlegte mir stattdessen, die

Nacht gleich hier in meinem Lehnstuhl zu verbringen. Es wäre ja nicht das erste Mal gewesen. Schon allein der Gedanke daran, mich mühsam aus dem tiefen Sessel zu winden, um mich auf die dicken, mit Wasser gefüllten Beine zu stellen, raubte mir gleich die letzte Kraft!

Mit dem Älterwerden verringerten sich meine Sinneskräfte ebenso wie die Muskelkraft. Wo sich früher an meinen Oberarmen noch gut ausgebildete Muskeln befanden, gibt es heute nur noch Haut, ein wenig Fleisch daran und dann kommt schon der Knochen. Habe dies beim Arzt schon oft zu spüren bekommen, wenn mir die Arzthelferin die monatlichen Vitamine in den Oberarm spritzte. So spürte ich, wenn sie den Knochen getroffen hatte, weil einfach fast kein Muskel mehr vorhanden war.

Zu Hause fehlt mir die Kraft, um meinen kleinen Haushalt sauber zu halten. Dauernd muss ich mich dann setzen, um mich auszuruhen. Manchmal dauert es Tage, bis ich mich wieder kräftig genug fühle, um den Abwasch zu erledigen. Wenn sich dann noch ein solch emotionaler Fernsehabend, wie gestern Abend einreiht, wird es noch schwieriger, mich hochzuschwingen.

Falls ich mich jeweils entscheide, im Lehnstuhl sitzen zu bleiben um darin zu nächtigen, versorgt mich die selbst gestrickte, wollene Decke mit behaglicher Wärme. So schlafe ich dann gewöhnlich ein paar Stunden und manchmal sogar bis am nächsten Morgen durch. Derartige Nächte, die ich im Lehnstuhl verbringe, sind nicht gerade von Vorteil für den nächsten Tag. Denn mein Kopf neigt sich beim Schlafen zur Seite oder nach vorne und kein Kissen vermag es, mir den Kopf genügend zu stützen, während ich schlafe. Eine solch unnatürliche Stellung des Kopfes verschafft mir am nächsten Tag eine schlimme Halskehre. Eine weitere Unannehmlichkeit sind meine geschwollenen Beine. Die fühlen sich dann an, als würden sie gleich platzen.

Immerhin, als ich mir gestern Abend die Folgen einer Lehnstuhlnacht vor Augen führte, riss ich mich gewaltig zusammen, um mich auf die dicken Beine zu stellen! Erst beim vierten oder fünften Anlauf ist es mir schließlich dennoch gelungen, aufzustehen. Als ich endlich stand, war ich so erschöpft, dass ich mich am liebsten gleich wieder in den Lehnstuhl zurück hätte fallen lassen. Zum Glück stand mein Rollator in Griffweite. Sofort zog ich das Ding zu mir hin, sodass ich mich mit beiden Händen daran festhalten konnte. Nachdem ich die Bremsen gelöst hatte, ging ich die paar Schritte langsam und bedächtig in mein Schlafzimmer hinüber. Auf dem Weg dorthin kam ich an der Toilette vorbei, aber den Gang dahin ersparte ich mir, denn es erschien mir unnötig und ich glaubte, dass die Windelhose die ich trug, noch nicht genug ausgelastet war. Endlich war es geschafft. Sofort ließ ich mich, mitsamt den Kleidern, langsam in mein Bett gleiten. Ich mochte mich nicht einmal mehr umziehen.

Die waagrechte Lage ist eine wirkliche Wohltat für meine Beine. Schnell verliert sich das Spannungsgefühl in den Waden, jedoch füllt sich dann flugs die Blase mit dem nach oben fließenden Wasser aus den Beinen. Meine Windelhosen vermögen solch eine Schwemme an Urin nicht aufzufangen. Ein beträchtlicher Teil fließt dann in mein Bett aus. Schon des Öfteren musste mir deswegen die Person von der Hauspflege die Bettwäsche wechseln und sogar die Matratze kehren.

Glücklicherweise werde ich nun täglich von der Hauspflege betreut. Mir wäre es nicht mehr möglich, selber meine Bettlaken zu wechseln. Bevor ich von der Hauspflege betreut wurde, schlug ich in meiner Not einfach die Bettlaken über das Bettgestell und ließ das Ganze den Tag durchtrocknen. Nicht immer vermochte bis am Abend alles zu trocknen, besonders die Matratze war mittlerweile ständig feucht. So legte ich einfach meine wollene Decke darüber. Die vermochte die Restfeuchte aufzunehmen, ohne dass ich das Gefühl verspürte, ich läge im Feuchten. Die Wolle ist nämlich von guter Qualität und ich konnte immer wunderbar darauf schlafen. Mein ausgeprägtes Schamgefühl hat es mir damals untersagt, es meiner Tochter zu erzählen, als sie mich nach langer Zeit wieder einmal besuchte. Gerne hätte ich sie damals gefragt, ob sie mir vielleicht die Bettwäsche wechseln würde? Sicherlich wäre es für sie kein Problem gewesen? Mir war es jedoch sowas von peinlich!

Mit Wehmut erinnere ich mich daran, wie ich noch vor ein paar Monaten nur mit einem Gehstock an der Hand, als stützende Begleitung, die Wohnung alleine verlassen konnte.

Meine Einkäufe erledigte ich noch ganz alleine und es tat mir gut, einmal täglich aus der Wohnung zu kommen, den Himmel zu sehen und die frische Luft zu spüren. Dabei verflüchtigten sich die immer wiederkehrenden Gedankengänge ein wenig!

Nur allzu gut bemerkte ich, wie sich meine Sehkraft und das Gehör in den letzten Jahren verschlimmerten, fast Viertel jährlich musste ich mir eine immer stärkere Brille zulegen. Manchmal brauchte ich sogar eine Lupe, um überhaupt das Wichtigste, nämlich das Kleingedruckte, noch lesen zu können. Wenn ich mir ein Haarshampoo kaufen wollte, verwechselte ich des Öfteren das Shampoo mit der Pflegespülung oder die Duschcreme mit der Körperlotion! Die Verpackungen sehen ja alle gleich aus und wenn ich die Lesebrille vergessen hatte, konnte ich nicht sehen, um was es sich tatsächlich handelte. Manchmal fragte ich mich, ob die Industrie diese Produkte extra für Leute wie mich herstellten?

Auch mein Gehör hat in letzter Zeit stark nachgelassen. Mehr als einmal verpasste ich Anrufe, weil ich das Klingeln des Telefons nicht hören konnte. Einmal im Monat hatte ich den Termin bei meinem Hausarzt, der gleich auf der gegenüberliegenden Straßenseite seine Praxis hat. Da wurde mir der Blutdruck gemessen und manchmal Blut abgenommen. Wichtiger als der Blutdruck waren für mich jedoch die paar Minuten, die sich mein Arzt Zeit nahm, um mit mir über alltägliche Dinge zu plaudern! Oder war ich diejenige, die plauderte? Im Wartezimmer fand sich oft auch jemand, mit dem ich mich kurz austauschen konnte. Viele Leute waren froh darüber, wenn sie mir von ihren Gebrechen berichten durften, um so mein Mitgefühl zu erhaschen. Wie heißt es so schön, „geteiltes Leid ist halbes Leid!"

Der letzte Besuch bei meinem Hausarzt gestaltete sich für mich als sehr schwierig. Fast nach jedem Schritt musste ich kurz innehalten, damit ich wieder zu Atem kam. Beim Überqueren der stark befahrenen Straße, verursachte mein langsamer Gang einen kleinen Stau. Mein Körper wirkte aufgedunsen. Als ich endlich die Praxis erreichte, war die Zeit für meinen Termin bereits vorbei. Zum Glück hat es mein Hausarzt mir nicht übel genommen, er quetschte mich sozusagen zwischen zwei andere Patienten. Leidvoll klagte ich ihm damals, dass ich mir neue Schuhe kaufen muss, weil meine Füße kaum mehr Platz darin fanden. Dabei ist es schon vorgekommen, dass ich mir die Schuhe gar nicht erst auszog, weil ich wusste, dass ich sie anderntags nicht wieder anziehen konnte. Denn die Wasserkissen, die sich tagsüber in den Füßen sowie den Beinen bildeten, gingen, wenn ich mich in der horizontalen Lage befand, nicht wieder zurück. Die Beine blieben geschwollen. Der Hausarzt hat mir gleich den Blutdruck gemessen, sich die Beine angeschaut und mir umgehend Torasemid-Tabletten verschrieben.

Er meinte dazu, dass diese Tabletten mir helfen würden, das viele Wasser im Körper auszuschwemmen und es mir dann bald wieder besser gehen werde. Dabei legte er mir auch nahe, endlich mit dem Rauchen auf zu hören! „Bla, bla, bla...!" Dachte ich mir. Es ist ja nicht so, dass ich nicht aufhören könnte mit der Raucherei, vielmehr ist es für mich halt ein Genuss zu rauchen und manchmal auch das Einzige, woran ich mich erfreuen konnte. Auf keinen Fall wollte ich damit aufhören! Dann betupfte er mich gleich mit dem nächsten wunden Punkt, nämlich, ob ich mir überlegt habe, in ein Altersheim umzusiedeln? Ich erklärte ihm zum x-ten Mal, dass sowas für mich überhaupt nicht in Frage kommt! Nein, danke!

Die Arzthelferin hat mich darauf im Rollstuhl nach Hause geschoben, vorher holte sie noch die Wassertabletten in der Apotheke nebenan für mich ab. Sowas von nett! Ich dankte ihr von ganzem Herzen und, weil ich nichts weiter bei mir trug als die Zigarettenschachtel, bot ich ihr eine Zigarette an. Sie lehnte dankend ab.

Zurück in meinen vier Wänden schluckte ich gleich die erste Tablette, es dauerte nicht lange und ich musste mich dringend auf die Toilette begeben! Das Wasserlassen dauerte den ganzen Nachmittag über. Nach einer Stunde hatte ich kaum mehr die

Kraft, um ständig von der Toilette ins Wohnzimmer und wieder zurückzugehen, so blieb ich einfach auf der Toilette sitzen, bis ich endlich bemerkte, dass der Harndrang nachließ.

Am nächsten Tag ging es mir schon deutlich besser. Dieses körperliche Hoch nutzte ich gleich, um in den Supermarkt zu eilen, wo ich mich mit dem Nötigsten eindecken konnte. Denn die letzte Woche verbrachte ich ausschließlich in der Wohnung. Dort angekommen, traf ich per Zufall eine alte Kollegin, der ich sofort von meinen neusten gebrechen erzählte und dass ich nun neue Pillen zum Einnehmen bekommen hätte. Darauf erklärte sie mir, dass sie vor langer Zeit auch solche Pillen von ihrem Arzt bekommen hätte, sie die aber längst abgesetzt hätte, weil die ihr Herzrasen und Übelkeit verursacht hätten.

Wieder zu Hause angekommen, meinte ich immer noch, diese Pillen würden Sinn machen! Als ich mir jedoch eine Tablette aus dem Blister drückte, um sie, wie verschrieben, hinunterzuschlucken, beschlichen mich Zweifel. Gestern hat mir diese eine Tablette derart viel Wasser abgeleitet, was kommt da heraus, wenn ich mir die nun täglich zweimal einwerfe?

Also legte ich die Packung in die Schublade zurück, ohne dass ich an diesem Tag eine Pille zu mir genommen hätte. In der nächsten Nacht träumte ich prompt, wie ich nach der Einnahme dieser Tabletten mit einem Schrumpfkopf aufgewacht bin und ich zum Einkaufen gehen musste. Die Leute im Supermarkt starrten mich alle entsetzt an und tuschelten ungeniert hinter meinem Rücken. Alle gingen sie mir aus dem Weg und versteckten sich hinter den Regalen! Wahrscheinlich meinten sie, ich sei ein Zombie? Bevor ich gänzlich zur Mumie wurde, konnte ich endlich aufwachen und war heilfroh darüber, dass dies nur ein Traum gewesen war! Jedoch war für mich sofort klar, diese Pillen waren sicher imstande, meinen ganzen Körper trocken zu legen. Und noch etwas anderes bereitete mir Sorgen; da ich ja schon ohne diese Pillen undicht war, was das Pinkeln anbelangte, konnte ich mir nicht vorstellen, wie ich dieser Schwemme Herr werden könnte, wenn ich mal nicht zu Hause war? Folglich konnte ich mir gut vorstellen, dass sich meine

Inkontinenz durch die Wassertabletten noch verstärken würde. Für meine Begriffe waren da die aufgeschwemmten Beine das kleinere Übel!

Schon nach ein paar Tagen, in denen ich die Tabletten beiseiteließ, gestaltete sich das Kochen auf einmal als schwierig, weil ich dabei lange auf den Beinen stehe. Am liebsten hätte ich mich gleich auf den Boden fallen lassen wollen, weil die Beine so schwer waren. Dabei erinnerte ich mich, dass zwischen den Zeitungen immer wieder kleine, bunte Zettel steckten. Darauf waren wunderbare Speisen abgebildet. Fein säuberlich und in Fettschrift wurde aufgelistet, was man sich da alles bestellen konnte. Das Wasser lief mir sofort im Munde zusammen! Auf dem Zettel stand geschrieben, dass sie alle Menüs nach Hause liefern würden. Groß und dick prangte die Telefonnummer neben der Überschrift. Das war meine Rettung! Sogleich probierte ich es aus. Ganz bequem! Die Menüs wurden mir dann in Kartons oder Papiertüten geliefert. An den Kartongeschmack musste ich mich zuerst gewöhnen und schon nach der dritten Bestellung bemerkte ich den komischen Beigeschmack nicht mehr, er gehörte einfach dazu. Im Großen und Ganzen war das Essen wirklich gut. Na ja, manchmal auch kalt oder pappig. Die Essenskuriere brachten mir sogar meine geliebten Zigaretten mit, wenn ich sie darum bat. Dafür gab es dann auch ein zünftiges Trinkgeld von mir!

So einfach wurde es, mich zu ernähren. Die Wohnung brauchte ich seitdem nicht mehr zu verlassen, um einkaufen zu gehen. Der Abwasch erübrigte sich, bis auf ein bisschen Besteck, einige Tassen und Gläser gab es nichts mehr zu tun. Am meisten freute mich, dass ich keine Pfannen mehr zu schrubben brauchte, wenn ich etwas anbrennen ließ.

Viel weniger Bewegung und wohl auch das fette Essen, ließen mein Gewicht nach und nach in die Höhe schnellen. Schon bald passten mir die gewohnten Kleider nicht mehr. Vor vielen Jahren kaufte ich mir, ohne sie vor dem Kauf anprobiert zu haben, zwei Röcke. Im Schrank in der hintersten Ecke konnte ich sie finden, zum Glück hatte ich die nicht einfach weggeworfen, denn nun fanden sie eine Verwendung. Jedoch musste ich beim Anziehen erschrocken feststellen, auch die würden mir bald zu eng werden, wenn es mit meinem Gewicht derart rasant nach oben ging.

Innerhalb kurzer Zeit stieg das Wasser im Körper in die oberen Bereiche. Jeden Tag wurde ich spürbar dicker und die Haut fühlte sich schwammig an, dabei knirschte es richtig unter der Haut, sobald ich mich bewegte. Das Atmen fiel mir zunehmend schwerer und bei jeder kleinsten Anstrengung meinte ich, gleich ersticken zu müssen! Nicht einmal meine geliebten Zigaretten mochte ich mehr rauchen und dies schien mir ein überaus schlechtes Zeichen!

In meiner Angst rief ich meinen Arzt an und erklärte ihm, wie ich neuerdings aussah und dass ich seine Wasserpillen nicht eingenommen hätte! Zum Glück machte er mir keine Vorhaltungen deswegen. Umgehend schickte er mir den Krankenwagen zu mir nach Hause. Die Erleichterung meinerseits war enorm und im Krankenhaus fühlte ich mich gleich umsorgt und geborgen! Schon nach ein paar Tagen ging es mir wieder besser und ich war stabil genug, um geduscht werden zu können. Die liebe Schwester wusch mir endlich mal die Haare. Als sie mich trocken frottiert hatte, cremte sie mir die Haut noch mit einer wohlriechenden Lotion ein. Was für eine Wohltat, es fühlte sich himmlisch an! Sogar die Fingernägel als auch die zentimeterlangen Fußnägel wurden mir von einer Fußpflege geschnitten. Jetzt brauchte ich mir definitiv keine größeren Schuhe mehr zu kaufen. Ich selber wusste nicht einmal mehr, wann ich das letzte Mal geduscht hatte oder sonst Körperpflege betrieben hatte? Sicher war das schon ein Jahr her?

Meine Tochter, die von meinem Hausarzt informiert worden war, dass ich im Spital liege, besuchte mich täglich einmal. Mich wunderte dies, denn sonst kam sie, wenn überhaupt, ein oder zwei Mal im Jahr zu mir nach Hause?

Frisch gewaschen und ausgeschwemmt hätte ich das Spital am vierten Tag wieder verlassen dürfen, jedoch musste zuerst noch geklärt werden, wie es zu Hause dann weitergehen würde?

Damals kam der Spitalarzt mit meiner Tochter an mein Bett. Nach der Begrüßung sprach er Klartext.

„In einem Pflegeheim ist gerade ein Zimmer freigeworden und ich könnte sofort dort einziehen!" „Dabei hätte ich großes Glück, denn normalerweise mussten Menschen wie ich lange auf einen freien Platz in einer Pflegeeinrichtung warten!"

Mir blieb fast die Spucke weg und meine Wut entlud sich sofort! Mit hochrotem Kopf schrie ich beide an, „Kümmert euch um euren Kram, denn ich bestimme immer noch selbst, wo ich mich aufhalten will!"

In ein Pflegeheim wollte ich auf keinen Fall! Im Fernsehen wurde doch immer wieder berichtet, wie grausam es dort zu und her geht! Meine Enttäuschung über meine Tochter war groß damals! Warum mutete sie mir sowas Ekelhaftes zu und warum erlaubte sie sich, für mich eine solche Entscheidung zu treffen? Kein Wunder also, dass ich sie nicht mag!

Sowohl meine Tochter wie auch der Arzt erfassten schnell, dass sie mich nicht überzeugen konnten für einen Übertritt in ein Pflegeheim. Deswegen meinte der Arzt, es gäbe da noch die Hauspflege, die zu mir nach Hause kommt, um mich zu betreuen. Selbst den Haushalt würden diese Leute erledigen. Man könne dann abmachen, welche Arbeiten ich noch selber ausführen kann und welche dann der Hausdienst durchführt. Mit dieser Lösung konnte ich mich endlich anfreunden!

Die Erleichterung von meinen Gegenübern war gut in ihren Gesichtern abzulesen. Aber auch ich fühlte mich bei dieser Lösung gut, denn ich wusste doch genau, dass ich Hilfe brauchte.

Auch um meine Rechnungen musste ich mich künftig nicht mehr kümmern, ich bekam einen Beistand, der sich um meine Finanzen kümmerte.

Als ich endlich wieder in meiner Wohnung ankam, besuchte mich noch am gleichen Tag die Schwester von der Hauspflege. Sie half mir, den Fragebogen auszufüllen. Ich musste angeben, was ich an Pflege brauchte und welche Arbeiten im Haushalt erforderlich waren.

Schon am nächsten Tag erhielt ich den ersten Besuch von einer Pflegerin! Sie mass meinen Blutdruck, dabei erklärte sie mir mit einer Engelsgeduld, wann und um welche Uhrzeit ich die Medikamente ein zu nehmen habe, die sie mir in einer Dosierschachtel mit gebracht hatte. Immer wieder brachte ich etwas durcheinander. Zuletzt meinte sie, dass sie sonst dreimal täglich meine Medikamente vorbeibringen würde? Doch sowas hielt ich für überladen, nein, das wollte ich nicht! Weiter konnte mich die Pflegerin davon überzeugen, dass ich endlich den wackeligen Gehstock im Schrank versorge und in Zukunft nur noch den Rollator benutzen werde. Wahrlich ein sehr gutes Gerät. Der Rollator gewährte mir einen besseren Halt als der Gehstock und wenn ich beim Gehen müde wurde, so konnte ich mich einfach darauf setzen, bis ich wieder genügend Kräfte gesammelt hatte, um weiterzugehen.

Der Essensdienst brachte mir fortan jeden Mittag warmes Essen vorbei. In einer Art Blechgeschirr gestapelt. Der oberste Behälter beinhaltete die Suppe, im nächsten war das Menü und dann noch das Dessert. „Herz, was willst du mehr!", frohlockte ich innerlich!

Was war das für ein Unterschied zu meinen Fastfood-Gerichten!

Die Mahlzeiten wurden aus frischen Produkten hergestellt und schmeckten einfach köstlich! Dies wiederum verschaffte mir viel mehr Vitalität. Meine Gedanken wurden klarer und hellten sich ein wenig auf.

Jeden Mittwoch reinigt nun die Putzfrau meine Wohnung, wäscht mir die Kleider, erledigt die Einkäufe und geht für mich zur Post, um meine Rechnungen zu begleichen. Gerne wäre ich mitgegangen, um an die frische Luft zu kommen, jedoch war ihre Zeit zu knapp bemessen, denn ich konnte nur langsam mit Rollator gehen und um alleine nach draußen zu gehen, fehlte mir der Mut.

Als ich dieser Putzfrau das erste Mal die Türe öffnete, wich sie sofort zurück? Ich fand dies sehr eigenartig und fragte mich, was das für eine Person sei? Gerade eben wurde ich im Spital ja frisch gewaschen? Mit genügend Abstand zu mir kramte sie sich ein Taschentuch aus ihrer übergroßen Tasche und hielt es sich sofort vor Nase und Mund. Geradewegs lief sie dann an mir vorbei in meine Wohnung und zum nächsten Fenster, um es zu öffnen. Ich schloss die Eingangstür hinter mir und wollte am Rollator zu ihr hingehen, da schoss sie wieder an mir vorbei und öffnete die Eingangstüre wieder? Dann erst wandte sie sich mir zu und meinte, immer noch das Taschentuch vor ihr Gesicht haltend zu mir: „Der Dunst kann sich durch den Durchzug schneller verziehen!" Danach setzte sie sich in der Küche auf einen Schemel und stellte sich mir endlich vor. Ganz bleich im Gesicht klagte sie mir darauf, dass sie in einem derartigen Gestank und in dieser Dunstglocke von abgestandenem Rauch von meinen Zigaretten nicht imstande ist, zu arbeiten! Ich war baff! Mir war dies noch gar nicht aufgefallen? Ich ließ sie gewähren, wenn es ihr so besser ging?

Wenn sich diese Putzfrau dann einmal in ihrem Element, dem Reinigen von Oberflächen aufhielt, hätte ich mich am liebsten in meinem Bett unter die Decke verkrochen! Der Staubsauger, den sie selber mitbrachte, weil meiner angeblich nichts taugte, verursachte einen derartigen Lärm, als würden ständig Düsenjets in nächster Nähe vorbei fliegen! Beim Betreten der Wohnung bis sie wieder die Eingangstür hinter sich schloss, hielt diese Frau die Fenster ständig geöffnet, während sie arbeitete, egal welches Wetter draußen herrschte. Es war manchmal wirklich saukalt! Glücklicherweise half mir meine wunderbare Strickdecke, mich warm zu halten! Anfangs wollte sie diese Decke einfach fortschmeißen! Ich hielt dagegen und sie wusch sie mir mit starkem Widerwillen meinerseits. Aber wenn diese Person am Abend wieder nach Hause ging und ich wieder alleine war, fühlte ich mich dennoch wohler in der blitzsauberen Wohnung!

Mit der Hauspflege hatte ich vereinbart, dass ich zuerst einmal selber schauen mochte, wie ich alleine mit der Körperpflege zurechtkam?

Ein paar Wochen nach dem Aufenthalt im Spital bekam ich unangemeldet Besuch von irgendjemandem aus dem sozialen

Bereich. Sie fragte nach, wie es mir seither ergangen war? Ein wenig verdutzt fragte ich diese Dame damals: „Warum haben Sie sich nicht angemeldet?"

Fragend schaute sie mich an und antwortete mir dann leicht genervt: „Zuerst habe ich versucht, sie telefonisch zu erreichen, aber da hat nie jemand den Hörer von der Gabel genommen. Danach haben wir Ihnen zwei Mal einen Brief geschrieben, in dem wir den Tag und die Uhrzeit für meinen Besuch vereinbart hatten!"

Ich antwortete ihr, dass ich weder Brief noch Telefonanruf erhalten habe! Im Hinterkopf meinte ich, das Telefon mal klingeln gehört zu haben, aber ich mochte damals nicht aufstehen. Die Reinigungskraft, die mir immer die Post vom Briefkasten in meine Wohnung brachte, legte mir alles auf den Küchentisch. Beim Durchsehen meiner Post öffnete ich solche Briefe, die nicht nach Rechnung rochen und von denen ich dachte, es wäre bloß Werbung, nicht mehr und entsorgte sie im Behälter für alte Zeitungen. Weiter erzählte mir diese soziale Person, dass diese Putzfrau bei der Fürsorge Meldung gemacht hätte. Die Putzfrau erzählte ihnen, ich würde immer dieselbe Kleidung tragen und meine Haare wirkten strähnig? Ja, das konnte gut stimmen, denn die Körperpflege hatte ich ja ganz vergessen! Weiter teilte sie mir mit, dass sie gerne einmal die Woche jemanden vorbei schicken würde, die mir beim Duschen behilflich wäre?

Zuerst mal musste ich die ganze Geschichte verdauen, in meinem Alter konnte ich nicht mehr so schnell denken und musste mir deshalb zuerst überlegen, warum die Putzfrau denen Meldung gemacht hatte? Sie hätte doch zuerst mit mir persönlich sprechen können? Noch bevor ich wütend werden konnte, kehrten die Erinnerungen an meinen Spitalaufenthalt zurück, wo ich doch so gut gepflegt wurde und wie gut ich mich danach immer gefühlt hatte! Also willigte ich gleich ein! Ein wenig verdutzt von meiner schnellen Entscheidung, hellte sich ihr Gesicht auf und sofort zog sie den bereits vorgefertigten Vertrag aus ihrem Hefter. Zusammen setzten wir uns an den Küchentisch, ich bot ihr sogar Kaffee an, aber sie wollte nichts trinken, also gingen wir zusammen den Vertrag durch. Ich war schockiert, was so eine wöchentliche Dusche kostet! Aber es wurde ja von meiner Krankenkasse übernommen. Dann machten wir noch ab, an welchem Wochentag und die Uhrzeit, in der mich dann jemand besuchen würde, um mich zu duschen.

Als diese soziale Person dann gegangen war, freute ich mich richtig auf diesen Tag! Nur alleine schon zu wissen, dass mir jemand den Rücken waschen und eincremen wird, ist ein richtiger Genuss!

In den folgenden Tagen schwollen meine Beine wieder etwas an, was mir Sorgen bereitete. Die Pflegerin, die mich nun wöchentlich duschte, fragte mich, ob ich denn auch immer die Medikamente einnehmen würde? Dabei musste ich zugeben, dass ich nicht einmal mehr wusste, wann ich welches Medikament einzunehmen hatte? Es ist auch schon vorgekommen, dass ich meinte, es wäre Morgen, dabei war es erst Abend und ich die Medikamente vom nächsten Morgen zu mir genommen hatte! Natürlich verzichtete ich weiterhin auf die Tabletten, die mir das Wasser im Körper und insbesondere in den Beinen ableiteten! Das alles erzählte ich ihr nicht! Aber ich gab ihr auch wieder die Unterschrift, damit sie mir die Medikamente richten und abgeben würden! Also nahm sie gleich alle Medikamentenschachteln, Rezepte und Verordnungsblätter mit sich.

Schon am folgenden Tag wurden mir die Pillen in beschrifteten, kleinen Schachteln auf den Küchentisch gestellt. Jeden Morgen brachte von nun an jemand von der Hauspflege meine Tagesration vorbei.

Seit ich aus dem Spital entlassen wurde, konnte ich meinen Hausarzt nicht mehr besuchen. Es war nun die Hauspflege, die ihn kontaktierte, wenn es um Rezepte oder sonstige Untersuchungen ging. Die Hauspflege, welche mir die Medikamente vorbei brachte, meinte zu mir, dass sie den Arzt gefragt hatten wegen meiner geschwollenen Beine? Er hat für mich ein Rezept ausgestellt, welches die jeweilige Pflegerin bemächtigte mir jeden Morgen, wenn sie die Medikamente vorbei brachte, die Beine einzubinden. Diese Arbeit musste am Morgen erledigt werden, wenn ich noch im Bett war. Das Wasser könne sich durch das Einbandagieren nicht mehr so stark in den Füßen und Beinen ansammeln wie bisher. Auch mit dem Gehen sollte es dann wieder besser klappen und der abartige Juckreiz in den Schenkeln, der mich seit ein paar Tagen plagte, würde auch verschwinden! Weiter erklärte sie mir, meine Haut würde enorm profitieren, denn durch die ständigen Wasseransammlungen in den Beinen und die dadurch verursachte Spannung, war die Haut dünn geworden. Mit Nachdruck und sehr ernstem Gesicht sagte sie mir, über kurz oder lang würden sich Wunden bilden und die wären dann sehr schwierig zu behandeln. Solche Wunden würden kaum mehr heilen! So willigte ich da auch gleich ein!

Noch am selben Tag teilte die Hauspflege es meinem Hausarzt mit, der stellte gleich ein Rezept aus und schon am nächsten Morgen sollte es losgehen mit dem Einbandagieren!

An diesem besagten Morgen war ich schon um sechs Uhr wach geworden, eigentlich wollte ich noch einmal einschlafen, aber ich war hellwach. Die Schwester hatte gesagt, sie käme zwischen halb acht und acht Uhr vorbei. Also wartete ich, wie vereinbart, im Bett auf sie. Es wurde mühsam, so lange im Bett zu warten. Mein Rücken und die Hüfte begannen zu schmerzen, immer wieder musste ich mich wenden. Dabei bemerkte ich, dass die Windelhosen übervoll waren und das Bett langsam feucht wurde. Kurz nach neun Uhr ist dann eine mir fremde Frau von der Heimpflege aufgetaucht. Ich war stocksauer! Die haben ja keine Ahnung, wie es ist, in meinem Alter im Bett zu warten! Zuerst begrüßte mich diese Frau freundlich und überging meinen Missmut professionell. Geduldig stand sie neben meinem Bett und wartete, bis ich mich verbal ausgetobt hatte!

Auf meine gehässigen Fragen hin antwortete sie nur: „sie sind nicht die einzige Person, die ich zu betreuen habe und wenn es halt einen Notfall gäbe, so habe dieser eben Priorität!" Danach war es still zwischen uns beiden. Ihre Antwort hatte mich nicht beeindruckt und auch nicht versöhnlich gestimmt. Ich kochte innerlich weiter! Ich kann es nicht leiden, wenn man nicht zur abgemachten Zeit erscheint. Mir wurde die Zeit gestohlen!

Kaum hatte sie mir die Beine eingebunden und die Medikamente für den Tag auf dem Küchentisch deponiert, war sie auch schon wieder, ohne mir auf Wiedersehen zu sagen, zur Tür hinaus verschwunden. Hatte ich sie etwa verärgert, durch meine Ungeduld? Sonst fragten die ja immer noch nach, ob sie mir noch etwas tun können? „Soll die nur schmollen!", rief ich frustriert in die leere Wohnung hinaus. Aber jetzt, endlich konnte ich aufstehen. Inzwischen war ich bis zum Rücken hinauf nass, selbst das Kissen und mein Duvet hatten nasse Stellen. „Pfui!", schrie ich. Nicht einmal geholfen hat die mir, mich an den Bettrand zu setzen! Durch das lange Liegen waren meine Glieder richtig starr und es dauerte mehr als zwanzig Minuten, um mich nur an den Bettrand zu setzen.

Angenehm überrascht war ich, dass es mir nicht gleich so schwindelig wurde beim Sitzen, wie das sonst immer der Fall war. Ob das schon etwas mit den einbandagierten Beinen zu tun hatte? Aber jetzt, mit den dicken Bandagen an den Füßen, war es mir unmöglich, in die Schuhe zu schlüpfen! So musste ich wohl oder übel in den Bandagen herumlaufen. Gleich bemerkte ich, wie gefährlich das war! Auf dem glatten Fliesenboden gab es keinen Halt. Zum Glück stand mein Rollator in der Nähe und sobald ich ihn erreicht hatte, gewährte der mir den nötigen Halt. Weil ich fast ausgerutscht war, hatte ich eine blöde Bewegung gemacht und mein Rücken schmerzte enorm. Ich hatte wohl einen Nerv eingeklemmt?

Nach ein paar Stunden mit stramm eingebundenen Beinen konnte ich es kaum mehr aushalten! Dazu kam, dass die Bandagen rau waren und an meiner Haut kratzten. Durch die Bandagen konnte sich das Wasser nicht, wie gewohnt, in den Unterschenkeln und Füßen ablagern. Somit bildete sich von den Knien aufwärts der Stau und als ich mich für den Mittagsschlaf ein wenig hinlegen wollte, konnte ich kaum noch atmen, ich verspürte Druck in meiner Brust! Obwohl ich mich erschöpft fühlte, war es mir nicht mehr möglich zu liegen und zu schlafen. Dabei ergriff mich wieder Panik. Schnell habe ich mir damals die Bandagen wieder ausgebunden! Was für eine Erleichterung!

Nach dem Ausbinden sah ich meine Füße und Beine wieder einmal in normalem Zustand, wohl geformt. Nach einer halben Stunde waren sie bereits wieder dick angeschwollen und schwabbelig. Jedoch fiel mir das Atmen deutlich leichter. Noch am selben Tag telefonierte ich mit der Hauspflege, damit sie mir am nächsten Morgen die Beine nicht mehr einbandagieren kommen würden. Wenn ich mich in meinem Lehnstuhl ausruhte oder Fernsehen schaute, legte ich einen Schemel davor, damit ich die Füße ein wenig hoch lagern konnte. Mit der Zeit erzielte auch das keinen Erfolg mehr. Nach einer Woche schon vermochte ich meine Beine kaum mehr zu heben, es fühlte sich an, als würde ich Bleischuhe tragen.

Es war die Hauspflege, die fortan mit meinem Arzt kommunizierte und mir dann erklärte, was der Arzt zu ihnen gesagt hatte. Es kamen immer wieder neue Medikamente dazu, die mir mein Hausarzt angeblich verschrieben haben sollte und die ich täglich schlucken musste. Am Morgen waren es fünf, am Mittag drei und am Abend vier Tabletten. Für was die angeblich alle gut sein sollten, erklärten mir die Pflegerinnen immer wieder; doch schon nach zehn Minuten, oder früher, hatte ich alles wieder vergessen. Nur die Tabletten, die mich vom Wasser befreien sollten, erkannte ich. Die nahm ich ja nicht ein und deshalb ließ ich sie gleich im Abfall verschwinden. Natürlich fragten sich dann die Pflegerinnen, warum ich trotz der Wassertabletten immer noch so dicke Beine hatte? Der Arzt verschrieb mir dann eine höhere Dosis und die Pflegerinnen legten fortan zwei von diesen Pillen in das Medikamentenkästchen. Nachdem ich wieder alleine in der Wohnung war, wanderten diese beiden Tabletten gleich wieder im Kübel. Ich fand, die brauchen ja nicht zu wissen, warum ich diese Medikamente nicht einnahm.

Ich will mich ja nicht beklagen und wirklich, seit ich ein wenig betreut werde, geht es mir viel besser. Doch finde ich, alles hat seine Grenzen und diese Pflegerinnen wollen mir immer mehr Zeugs andrehen! Die haben mich sogar gefragt, ob ich in der Nacht gut schlafen könne? Andernfalls würden sie mir noch zusätzlich eine Schlaftablette in die Medikamentenbox legen!

Nach all diesen Erinnerungen wird mir wieder bewusst, dass ich mich immer noch in diesem trüben Licht befinde. Warum nur ist mir mein körperlicher Niedergang kaum oder gar nicht aufgefallen? Das Ganze hat etwas mit meiner Lebensweise zu tun. Dieser Gedanke kommt mir schnell und ohne groß überlegen zu müssen, in den Sinn. Denn im Verdrängen bin ich ja gut geübt.

In der gegenwärtigen Dimension erkenne ich leicht, in welcher Enge, sowohl körperlich als auch geistig, ich mein gesamtes Leben zugebracht habe. Prägnant manifestiert sich wieder der Gedanke, dass ich das ganze Leben hindurch die mir unangenehmen Dinge und Tatsachen einfach ausgeblendet habe. Alles, was mir zuwider war und was nicht in mein Schema hinein passte, überspielte ich spontan mit Belanglosem und lenkte meinen Geist damit in die falsche Richtung, nämlich ins Nichts!

Nicht einmal in all meinen Lebensjahren habe ich meine Verhaltensweisen hinterfragt. Warum denn auch? Es lief ja immer alles bestens! An nichts hat es mir je gemangelt und nur, weil ich finanziell immer gut dagestanden bin, dachte ich mir, dass ich absolut keine Fehler gemacht hatte. Meine Meinung ist, dass Menschen, die kein Geld haben, etwas falsch gemacht haben! Wenn ich mir Fehler eingestanden hätte, so würde dies bedeuten, dass ich eben Fehler gemacht hatte und ich diese hätte bereinigen sollen! So was von anstrengend! Nein, ich habe nie nennenswerte Fehler gemacht! Augenblicklich spannen sich meine Gefühlsfesseln ganz fest an und gleichzeitig möchte sich eine gewaltige Energie aus meiner Bauchgegend entladen. Dieser Zustand ist schier unerträglich! Meine Gedanken drängen mich, es mir ein zu gestehen, dass auch ich nennenswerte Fehler begangen habe und zwar immer wieder und das ganze Leben hindurch! Also sage ich zu mir selbst: „Ja, ich habe viele Fehler begangen!" Langsam lockern sich die Fesseln um mich herum wieder etwas. Was ist hier los mit mir, warum drängen mich meine eigenen Gedanken zu solchen Eingeständnissen?

Aus dem trüben Licht schreit mir auf einmal jemand entgegen: „So, so. Es hat dir also an nichts gemangelt? Aber an geistiger Tiefe fehlt dir wohl viel!" Nach dieser Aussprache ertönt ein jaulendes Gelächter! Erschrocken strenge ich mich an, irgendetwas zu erkennen, aber der Nebel ist dicht und undurchdringlich. Niemand gibt sich zu erkennen. Wer ist da im Verborgenen und kann meine Gedanken lesen? Diese Tatsache erfüllt mich mit Entsetzen! Wieder vernehme ich dieses blöde Gelächter und eine tiefe, gurgelnde Stimme spricht: „Du meinst wohl, wir wissen nicht, was du denkst? Aber hier ist halt alles einsehbar, da gibt es nichts mehr zu verstecken!" Alle lachen sie wieder und dabei wird dieses Gelächter immer leiser, gerade so, als würden sich diese Wesen entfernen.

Nach einer Weile scheint mir durch das trübe Licht, ganz kurz, ein Gesicht entgegen. Es gibt keine Zweifel. Das war mein, vor bald dreißig Jahren, verstorbener Ehemann. Er schien jünger als ich ihn in Erinnerung hatte. Mit sechzig Jahren hatte sein Herz auf einmal aufgehört zu schlagen. Es war ein tiefer Schock damals. Niemals hätte ich an ein solches Szenario geglaubt! Wir beide meinten immer, gemeinsam alt zu werden. Wir machten Pläne, dass wir es nach seiner Pensionierung krachen lassen wollten. Leider wurde für ihn daraus nichts. Ihm habe ich es zu verdanken, dass es mir finanziell immer gut ging.

Nach seinem Tod und als der Schreck sich ein wenig verflüchtigt hatte, ließ ich mich wegen seines Ablebens nicht beirren. Denn nicht ich war verstorben, sondern mein Ehegatte. So rechtfertigte ich meine Lebenslust gegenüber fragenden Freunden. Hätte ich selber verstanden, wenn jemand anderes dasselbe gemacht hätte wie ich? Eher nicht, schnell wäre ich über eine solche Person hergezogen und hätte sie verunglimpft! Wieder eine Feststellung, die ich mir so noch nie überlegt habe.

Ich ließ es gewaltig krachen, immer wieder gab es einen Anlass, um Feste zu feiern, mit Freundinnen in fremde Städte zu reisen und auf die vielen Kreuzfahrten wollte ich, nur weil mein Gatte mich nicht mehr begleitete, natürlich auf keinen Fall verzichten. Ich fühlte mich mit Ende fünfzig, noch jung und vital!

Trotzdem erlebte ich alles anders ohne meinen Ehemann und ich fühlte mich, trotz der vielen Leute um mich herum, immer einsamer. Also habe ich noch mehr unternommen, ich habe es kaum ausgehalten, ein paar Tage alleine zu Hause zu verbringen!

Nach ein paar Jahren des unbeschwerten Lebens, bemerkte ich auf einmal, dass ich vergesslich wurde, und nicht nur das. Immer öfter musste ich mir die Worte zusammensuchen, um einen Satz zu bilden, wenn ich mit jemandem sprach? Peinliche Situationen haben sich damals ergeben. Es fiel mir auf, dass die Menschen, die ich gut kannte, nicht mehr so oft mit mir zusammen sein wollten, mir regelrecht aus dem Weg gingen! Dann kam die Zeit, in der ich selber kein Verlangen mehr hatte, auszugehen. Es sagte mir einfach nicht mehr zu? Es machte mir auch Angst, irgendwohin zu gehen, wo ich nicht genau wusste, wie es aussieht! Am liebsten hockte ich in meinen vier Wänden und sah fern! Hinterher wurde ich eigen und merkwürdig. Ich selber bemerkte diese Veränderung nicht, nur an den Reaktionen anderer Leute wurde mir manchmal bewusst, dass da irgendetwas nicht mehr ganz stimmte. Es war nicht nur ich. Auch meine Freunde und Bekannten waren in die Jahre gekommen und der Freundes- und Bekanntenkreis lichtete sich auffallend. Einer nach dem anderen verstarb oder erlitt einen Schlaganfall, der ihn zu einem Pflegefall machte. Andere schlugen sich, wie ich, mit unsagbaren Gliederschmerzen, Gehör- und Sehverlust herum. Jede Arbeit, jede Handlung beanspruchte auf einmal viel mehr Zeit als früher, alles ging nur langsam voran! Mit der Zeit war niemand mehr in der Lage, uns gegenseitig zu besuchen oder sich in einem Kaffee zu treffen! Wir mussten uns auf das Telefonieren beschränken. Mit der Zeit flauten selbst die paar Telefonate ab, denn außer über das Wetter oder die Gesundheit wussten wir uns auch nichts mehr zu erzählen. Alles, was ich mir vorher überlegt hatte, um dieser Person am Telefon zu sagen, war vergessen.

Außer einem albernen Gekicher brachte ich nichts mehr heraus. Es war einfach nur noch anstrengend!

In dieser Zeit der Verwirrtheit hat mich einmal meine Tochter, ohne sich vorher an zu kündigen, besucht. Schon auf der

Schwelle, bei der Begrüßung, schreckte sie vor mir zurück. Zu dieser Zeit wusste ich nicht, dass sie mein Geruch und das Aussehen nicht näher an mich herantreten ließen. Mir war das ja nur recht, ich wollte sie ja eigentlich gar nicht sehen. Zuerst musst ich mich erst einmal sammeln und daran gewöhnen, dass diese Besucherin meine eigene Tochter sein sollte? Wie die sich verändert hatte. So alt hatte ich sie nicht mehr in Erinnerung. Das Bild von meiner Tochter, was ich mir immer vorstellte, war, wie sie klein und herzig in der Küche steht und auf das Essen wartet. Aber diese Frau, sicherlich über fünfzig Jahre alt? Nachdem ich sie zur Tür herein ließ, blieb ihr Blick sofort an meinen Füßen hängen. Die verkrümmten und gelben Zehennägel lugten sicherlich drei Zentimeter aus der Öffnung der zerfetzten Schlappen heraus! Dabei fragte sie mich nur: „Warum trägst du denn keine Socken, Mami? Du hast doch sicher kalte Füße?"

Ja, was für eine Frage? Wie sollte ich ihr darauf erklären, dass ich mich schon lange nicht mehr nach vorne beugen konnte. Und wie sollte ich mir da mit meinen klammen Fingern die Strümpfe überstreifen? Denn wenn sie mich manchmal anrief, erklärte ich ihr immer, dass ich alleine sehr gut zu Recht fände.

Als sie die Stube betrat, wirkte sie wieder überrascht. Ihr Blick wanderte durch die ganze Wohnung, sie wusste wohl nicht, wie sie es benennen sollte? Ich habe es ihr angesehen, sie rang damals um Fassung. Nach dem Schreck klinkte sie sich wieder ein und fragte mich mit ganz normaler Stimme: „Wann hast du das letzte Mal die Wohnung gelüftet und gereinigt?"

Darauf gab ich ihr keine Antwort, denn da erst wurde mir richtig bewusst, dass ich schon ewig lange nicht mehr den Boden gesaugt, die Fensterscheiben gereinigt oder die Küchenschränke aufgeräumt hatte. Es war mir einfach nicht mehr wichtig und ich fühlte mich ja wohl in meiner eigenen Wohnung! Weiter fragte sie mich: „Soll ich dir eine Haushalthilfe organisieren?"

Sie meinte noch zu mir, dass ich mich nicht zu schämen brauche, mit über achtzig Jahren Hilfe für den Haushalt zu beanspruchen! Ja, zum Glück teilte mir meine Tochter mit, wie alt ich sei! Mich traf damals fast der Schlag! Aber ich ließ mir rein gar nichts anmerken. Ich konnte es damals nicht fassen, dass ich schon über achtzig Jahre alt sein sollte. Immer war ich der Meinung, dass ich so um die fünfzig Jahre alt war. Meinen Jahrgang wusste ich immer, der ist 1938, aber in welchem Jahr leben wir heute? Ach, die Zeit geht so rasend schnell vorbei! Wenn ich schon so alt sein soll, da müsste meine Tochter ja schon um die sechzig Jahre zählen? Für mich war dies eine ungeheure Vorstellung. Ich wagte es nicht, sie nach ihrem Alter zu fragen und ob sie denn noch Geschwister habe? Immer war ich der Überzeugung, vier Kinder zu haben? War sie überhaupt meine Tochter? Vielleicht war sie ja eine Einbrecherin oder eine Enkeltrickbetrügerin, die mich nur ausrauben wollte? Man hörte ja so viel in den Nachrichten!

Die plötzliche Angst in mir ließ mich meine Schmerzen augenblicklich vergessen, schnell angelte ich mir die nächstbeste Vase von der Kommode, bei der ich gerade stand, und ging rasend vor Wut auf diese Person los. Ich schrie sie an: „Verlassen Sie sofort meine Wohnung!"

Dann warf ich ihr die Vase an die Brust, eigentlich wollte ich ihr Gesicht treffen, so wie sie es immer in den Krimis machten, doch die Kraft reichte nicht aus! Wohlweislich sagte ich ihr nicht, dass ich gleich die Polizei rufen würde, denn womöglich hätte sie mich noch umgebracht? Nachdem ich sie mit der Vase beworfen hatte, verließ sie eiligst die Wohnung! Die Polizei hatte ich damals nicht mehr angerufen, denn als ich den Hörer in der Hand hielt und die Nummer eingeben wollte, wusste ich nicht mehr, welche Nummer es war. Ich hatte mir ein paar Nummern, unter anderem auch die der Polizei, auf einen Zettel geschrieben, jedoch hatte ich keine Namen dazu geschrieben und ich wusste einfach nicht, welche Nummer ich wählen sollte. Schon als ich den Hörer auf die Gabel zurücklegte, hatte ich den Zwischenfall vergessen. Die Scherben der Vase auf dem Stubenboden erinnerten mich an nichts mehr. Dennoch hatte dieser Zwischenfall mich verunsichert und aufgewühlt. Der Gedanke an meine Kinder kehrte wieder zurück. Verzweifelt versuchte ich mich damals zu erinnern, wie viele Kinder ich hatte und wo die alle geblieben waren. Weder deren Ausbildung, ihr Zivilstand, noch ob und wie viele Enkel ich hatte. Nichts wusste ich mehr. Das Einzige, an was ich mich damals zu erinnern vermochte, war, wie meine vier Kinder, klein und herzig, miteinander draußen auf der Wiese spielten. Aber waren es denn auch meine Kinder? Die Zweifel rissen mich gleich wieder in die Verzweiflung! Ich wusste damals nicht mehr weiter und ich fühlte mich so verloren und einsam, dass ich weinen musste! In meiner Verzweiflung meinte ich, dass mich meine Mutter aus dieser ausweglosen Situation befreien könnte! Wo war sie überhaupt? Ich ging sie suchen, aber in der Küche wurde ich stutzig, denn die sah nicht so aus wie die Küche meiner Mutter. Es war eine fremde Küche. Wo war ich? Immer noch weinend legte ich mich damals ins Bett und nach einer Weile konnte ich endlich total erschöpft einschlafen. Dieser Schlaf tat mir gut und nach dem Aufwachen hatten sich meine Gedanken etwas entwirrt. Ich wusste wieder, dass meine Mutter längst verstorben war und ich eine einzige Tochter hatte. Jedoch ist das Gefühl des Verlassenseins seither geblieben.

Nein, derart mühselig hätte ich mir das Alter nicht vorgestellt! Niemand hatte mir im Voraus gesagt, was da alles auf einen zukommen kann! Wahrscheinlich hätte ich so etwas nicht einmal geglaubt und diese Person gleich als unwahrhaftig und Schwarzseher verunglimpft!

Warum erinnere ich mich auf einmal so gut an dieses Geschehen; schon lange habe ich das alles vergessen gehabt? Dazu kommt, dass ich mich noch immer in diesem sonderbaren Licht befinde? Der eisige Wind riecht auf einmal bitter.

In diesem Augenblick fühle ich es klar und deutlich, etwas Unumkehrbares ist geschehen, etwas, das ich mit aller Kraft und aus lauter Angst habe vermeiden wollen! Es ist passiert, einfach so und ohne dass ich selber etwas bemerkt hätte, es hat mich erwischt, ich bin verstorben? Ich kann dies noch gar nicht fassen! Das darf doch nicht wahr sein?

„Nein, ich will nicht sterben oder noch schlimmer, schon tot sein!"

Wie nur kann ich dies verhindern oder rückgängig machen? Der Schock ist gewaltig! So etwas muss ich erst verdauen und vor allem heißt es, cool zu bleiben! In sowas bin ich geübt, mir nichts anmerken zu lassen!

Ich kann mich noch so winden und versuchen, diese Intuition nicht anzunehmen! Dieser Einfall manifestiert sich in mir so sicher wie das Amen in der Kirche! Somit weiß ich genau, dass ich nicht mehr in mein vorheriges Leben zurückkehren werde. Es ist buchstäblich dasselbe Gefühl, wie ich es immer wieder und in gewissen Abständen das ganze Leben hindurch empfunden habe. Nein, es wird kein Zurück mehr geben!

Im nächsten Augenblick übermannen mich Erinnerungen und diese wiederum werden mir bildlich vorgeführt, gerade so, als befinde ich mich mitten im Geschehen und doch ganz weit entfernt.

In dieser Vorführung geht es allerdings nicht um meine Geschichte, sondern um die meiner Tochter.

Es ist der Tag ihrer Konfirmation. Für meine Begriffe war dies der Tag, an dem der Kinderbonus vorüber war.

Damals erlaubte ich ihr, wenn auch widerwillig, ihre langen, schönen, kastanienbraunen Haare offen zu tragen. Die reichten ihr bis zu den Hüften. So sehr sie sich damals auch gefreut hatte, endlich ihre Haare offen tragen zu dürfen, wurde die neu erworbene Freiheit schnell zu einem unbequemen Übel. Bevor wir das Haus verließen, hatte sie sich die Haare lange und mit Hingabe, glatt und kompakt gebürstet. Schon als wir bei der Kirche angekommen waren – die zweihundert Meter gingen wir damals zu Fuß – sahen die Haare vom Wind völlig zerzaust aus. Natürlich hatten wir die Haarbürste zu Hause gelassen. Wir dachten nicht einmal daran, dass man sie außer Haus brauchen würde? Denn wenn sie sich am Morgen vor der Schule die Haare zu Zöpfen geflochten hatte, hatte diese Frisur den ganzen Tag gehalten. An ihrer Konfirmation aber, flogen ihr ständig die offenen Haare ins Gesicht, sodass es sie kitzelte. Der gewohnt freie Blick war stets verdeckt und endlos musste sie sich die Haare aus dem Gesicht streichen und entwirren. Wir hatten damals keinerlei Erfahrung mit langen offenen Haaren. Dementsprechend ärgerten wir uns.

Dann trug sie an diesem Tag das erste Mal Schuhe mit hohen Absätzen! Dies war auch ein langersehnter Wunsch von ihr gewesen. Auch wenn sie sehr wackelig zur Kirche lief und dabei ständig aufpassen musste, um mit diesen Schuhen nicht abzuknicken, war ihr Gefühl damals einmalig. Glücklicherweise waren zu dieser Zeit Plateauschuhe en vogue und nicht Bleistiftabsätze, in denen sie, ohne zu üben, den Marsch zur Kirche nicht überstanden hätte.

Der Alkohol war an diesem Tag auch ein Thema. Offiziell durften die Konfirmanden nun Alkohol trinken, ohne sich verstecken zu müssen; in Maßen wohlverstanden. Was gestern noch strengstens verboten war, galt ab heute nicht mehr! Ein gewaltiger Widerspruch; den ich auch erst in diesem Moment so richtig begreife. Beim Abendmahl in der Kirche bekamen die Konfirmanden richtigen Wein, anstelle von Traubensaft, zu trinken. Es war ja nur ein Schluck. Zum Konfirmandenessen gab es Rotwein. Zusammen mit allen Verwandten, die damals eingeladen waren, stießen wir an. Jetzt war sie erwachsen. Alle am Tisch rühmten damals den edlen Tropfen! Für meine Tochter, aber, war das Mundgefühl damals abartig. Am liebsten hätte sie den sogenannt edlen Tropfen gleich wieder ausgespuckt. Stattdessen tat sie so, als wäre dies etwas Besonderes und bemühte sich, sich nichts anmerken zu lassen. Nachdem sie das Glas leer getrunken und ihr nochmals, und ohne sie zu fragen, Wein eingeschenkt wurde, begann ihr der Kopf zu glühen. Die Wangen röteten sich und alle lachten darüber. Eine Verwandte meinte dazu: „Du bist es halt noch nicht gewohnt!"

Alle lachten sie wieder und fanden es lustig. Auch meine Tochter begann zu kichern, über alles Mögliche und Unmögliche! Zum Glück war die Feier endlich zu Ende. Ganz wackelig ging sie damals nach Hause und legte sich gleich ins Bett. Für ihren Magen waren die zwei Gläser Wein eine Herausforderung. Die ganze Nacht kämpfte sie damals gegen Übelkeit. Die nächsten Tage verbrachte sie wie in Nebel gehüllt. Erst danach fühlte sie sich wieder einigermaßen.

Ich als ihre Mutter bekam von dem Ganzen nichts mit. Ich war abgelenkt von all den Verwandten; Wir hatten uns die letzten Jahre nicht oft zu Gesicht bekommen und da hatten wie einander natürlich viel zu erzählen!

An diesem Tag zeigten sich so viele unpraktische Dinge und sie wollte ja nicht die Einzige sein, die mit solchen Neuigkeiten nicht klar kam! Die Freude über das Erwachsensein hatte überwogen und ihr damit den Blick und das Bewusstsein weiter getrübt!

Dass so eine Konfirmation ein solch denkwürdiger Tag sein könnte, wird mir auch erst jetzt bewusst!

Damals war ich der festen Überzeugung, dass Kinder nach neun Schuljahren genug gerüstet für das Leben seien und man sie endlich getrost alleine von dannen ziehen lassen konnte! Dazu kam, dass sie scheinbar mehr wussten als wir Eltern. Allen Ernstes dachte ich, meine Tochter würde keine Unterstützung durch ihre Eltern mehr gebrauchen! Dabei war ich froh und erleichtert, sie endlich entlassen zu können! Sobald sie finanziell auf eigenen Beinen stand, gab es für mich auch keinen Grund mehr, sie weiterhin bei uns wohnen zu lassen, denn das Leben, so dachte ich mir damals, musste sie selber erfahren!

Immer noch wurmt es mich, dass es für uns nur eine Tochter gegeben hat, ein Sohn wäre mir viel lieber gewesen! Sie war mir von Anfang an regelrecht zuwider.

Bei diesen Gedanken werde ich richtig schwer und diese Schwere zieht mich regelrecht in die Tiefe! Aber wohin? Ich falle und falle und nirgends schlage ich auf. Endlich stehe ich wieder still und muss feststellen, ich verweile immer noch am selben Ort, im trüben Licht.

Die Erinnerung an damals, krallt sich stark in mich hinein, sie wird mir regelrecht auf gezwungen. Denn ich hatte längst vergessen, was da alles passiert war, und so, wie es mir hier vorgeführt wird, ist eine andere Sichtweise, die mir damals überhaupt nicht bewusst war!

Mir war es damals sowas von egal, was meine Tochter einmal werden möchte! Ich wollte einfach, dass sie aus meinem Blickfeld verschwindet, sich einen Mann sucht und ihr Leben selber macht. Nicht einmal stellte ich ihr die Frage, was sie denn gerne werden möchte, nie habe ich sie nach ihren Träumen gefragt, nicht einmal auf ihre Bedürfnisse konnte ich eingehen! Ich war derart kalt und egoistisch! Immer schob ich die Verantwortung auf andere oder die Schule sollte es richten! Gerade in Berufsfragen wusste doch der Lehrer am besten Bescheid?

Da zu dieser Zeit die meisten Mädchen eine Haushaltlehre absolvierten, fand ich, dass sowas eine gute Lösung für meine Tochter war! Immerhin war sie danach imstande, ihrem zukünftigen Ehemann ein wohliges und sauberes Daheim zu gestalten und sich dieser Ehemann nicht, wegen fehlender Kochkünste, oder nicht geputzten Schuhen, eine andere Frau suchen würde!

Es war kurz vor ihrer Konfirmation, als meine Tochter einmal von der Schule nach Hause kam und mir voller Freude erzählte, wie der Herr Lehrer zu ihrer Klasse gesagt hatte: „Ihr alle wisst nun viel und mit dem ganzen Schulstoff, den ihr in den letzten neun Jahren gelernt habt, seid ihr perfekt gerüstet, um in der Arbeitswelt bestehen zu können!"

Ihre Augen glänzten dabei und sie war voller Tatendrang. Denn die Haushaltlehre wollte sie eigentlich nicht absolvieren. Vielmehr hätte sie eine weiterführende Schule besuchen wollen um verschiedene Sprachen zu erlernen und ihr Traum wäre gewesen, einmal als Sekretärin arbeiten zu können! Von alledem wollte ich nichts wissen, denn dann hätten wir sie noch weiter finanziell unterstützen müssen. Und wenn sie nach der Lehre heiraten und Kinder bekommen würde, wäre das ganze Geld futsch gewesen. Dies waren die Überlegungen von ihren eigenen Eltern! Wir als Eltern hatten so entschieden und wollten keine weiteren Diskussionen mehr!

Für einige ihrer Mitschüler hat die Aussage des Lehrers so gestimmt, denn sie konnten den Weg ihrer Träume gehen, die Ausbildung wählen die ihnen entsprach oder aber, wenn sie bemerkten, dass es nichts für sie war, einfach in einen anderen Beruf wechseln! Sie wurden getragen von ihren Familien und hatten ein starkes Selbstwertgefühl, waren glücklich! Bei meiner Tochter war das anders. Als Mädchen musste sie schon sehr bald feststellen; zwischen Knaben und Mädchen gab es da Unterschiede. Es wurde nicht mit denselben Ellen gemessen! Nie konnte sie sich auf ihre Eltern verlassen. Die brachten es nicht einmal fertig, kompetent und ehrlich mit ihr zu sprechen und sie auf das Erwachsen sein vorzubereiten. In dieser Trübe wird mir mein Verhalten meiner Tochter gegenüber erst so richtig bewusst! Es hätte mich ja wirklich nichts gekostet, wenn ich mehr auf sie eingegangen wäre. Bei meinen zahlreichen Freundinnen ging ich immer auf ihre Bedürfnisse ein, gab ihnen Hoffnung, wenn sie mir etwas vorjammerten. Doch nie bei meiner Tochter, meine Ablehnung ihr gegenüber war zu tief! Jetzt ist es mir unbegreiflich, wie egoistisch und unreflektiert ich gelebt habe!

Nein, mein Mann und ich haben unserer Tochter nicht viel mit gegeben! Lieb und artig war sie immer. Weil sie nicht anders durfte, ansonsten hätte es keine Zuwendung von uns gegeben. Die Seele unserer Tochter ist durch unser Verhalten und hauptsächlich durch meine Kälte ihr gegenüber verhungert! Einen riesengroßen Schmerz, den sie seit Kindheitstagen in sich trägt und der sie ständig in die Irre führte, empfinde ich hier noch schlimmer als Prügel!

Immer war ich zu feige ihr zusagen, wie tief meine Missachtung ihr gegenüber wirklich war und dass ich einfach nichts für sie empfinden konnte. Denn ich wollte sie ja auf keinen Fall verlieren. Denn von ihr kamen immer gute Ratschläge für alles Mögliche und überhaupt, brauchte ich sie noch für dies und das. Sie dachte immer durch ihr Wohlwollen, mir gegenüber, würde ich sie eines Tages mögen? Nein, gemocht habe ich sie nie, ich habe sie immer nur an der Nase herum geführt! Es ist schlimm für sie gewesen, wenn die eigene Mutter anderen, fremden Menschen mehr Mitgefühl und aufmunternde Worte entgegenbrachte als ihr, meiner eigenen Tochter!

Wie hätte ich es besser machen können? Ich wusste ja selber nicht wie, weil ich es nie gelernt hatte. Auch ich wurde von meinen Eltern nicht geachtet. Auch ich war nur ein Mädchen!

Mitgefühl oder Respekt vor anderem Leben wurde in unserer Familie kaum erwähnt oder hoch geschrieben! Ich hatte stets zu gehorchen, ansonsten setzte es etwas.

Nach der Konfirmation meiner Tochter war sie davon überzeugt, dass alles besser werden würde, sich alles ergeben würde, wenn sie dann einmal selber handeln und Entscheidungen treffen konnte. Aber wie auch kann jemand Entscheidungen treffen, wenn dieser dazu nicht das nötige Rüstzeug erhalten hat?

Während ihrer Haushaltlehre verliebte sie sich an einem Tanzabend in einen schönen Mann. Nie haben mein Mann und ich den kennengelernt. Erst jetzt sehe ich die beiden zusammen beim Tanzen. Meine Tochter, mit der ich nie ein Wort über Verhütung und dergleichen gesprochen hatte. Sowas wurde doch in der Schule vermittelt oder im Konfirmationsunterricht?

Der Schock war damals gewaltig für uns alle, als sie uns gebeichtet hatte, sie wäre nun schwanger! Ich fluchte sie an, damals, was sie sich dabei gedacht habe, eine solche Schande über uns zu bringen! Kaum aus der Schule und schon schwanger!

„Ist das das Einzige, was du gelernt hast?"

In dem Ton ging es weiter, ich konnte mich kaum erholen. Mein Zorn und die Enttäuschung waren immens!

Einfach so das Kind wegmachen konnte man zu dieser Zeit noch nicht. Die Behörden meinten, unsere Tochter sei verdorben und müsse in ein Heim! Ich war natürlich einverstanden.

Ihr damaliger Freund machte mit ihr Schluss und konnte sein bisheriges Leben weiterleben. Ihn belangte niemand und er musste in kein Besserungsheim, obwohl er ja auch beteiligt war!

Einmal rief mich die Leitung des Heimes an und teilte mir mit, dass sie bei meiner Tochter abgetrieben hätten. Für mich war das eine gute Lösung!

Nie haben ich oder mein Mann sie je besucht in dieser Einrichtung. Es hat geheißen, dass sie voraussichtlich ein Jahr lang darin verbringen müsse. Wir dachten uns, dass sie in diesem Heim wieder auf den rechten Weg gebracht werden würde.

Vor ihrer Entlassung rief mich die Heimleitung wieder an und fragte, ob unsere Tochter bei uns unterkommen kann.

„Natürlich nicht!", gab ich prompt zur Antwort, es gab ja so schon genug Gerede in unserem Dorf. Die ganze Geschichte würde ja wieder von vorne beginnen und ich sah schon die Leute, wie sie sich die Mäuler über uns zerrissen!

Wir hörten jahrelang nichts mehr von unserer Tochter. In der Zwischenzeit waren wir auch umgezogen in die Stadt, wo das Leben pulsierte. Nie haben wir über unsere Tochter gesprochen, ich und mein Mann. Ich habe sie einfach vergessen!

Eines Tages aber, hat sie sich doch wieder bei uns gemeldet, da sie unsere neue Adresse ausfindig machen konnte. Ein bisschen irritiert war ich schon, was wollte sie eigentlich. Uns etwa mit Vorwürfen eindecken? Es machte jedoch den Anschein, als hätte sich alles zum Guten gewendet. Sie erzählte uns, dass sie mittlerweile verheiratet war und zwei Kinder hatte.

Alles, was sie damals wollte, war Anerkennung von uns! Diese Anerkennung bekam sie auch, jedoch konnte sie damit nichts anfangen, denn ihr immer währender Schmerz blockierte jede Zuwendung. Sie kannte solche Gefühle ja gar nicht. Ich und mein Mann meinten wirklich, alles wäre gut. Wir bemerkten beide nicht, dass sie insgeheim hoffte, bei uns, und vor allem bei mir, ihrer Mutter, Lösungen für ihre Probleme zu finden? Wenn sie uns gelegentlich besuchte, brachte sie weder ihren Ehemann noch unsere Enkelkinder mit. Nie haben wir die zu Gesicht bekommen. Nach all den Jahren empfand ich überhaupt nichts mehr für meine Tochter, sie war für mich wie eine entfernte Verwandte!

Erst nach ein paar Monaten bemerkten wir, dass da etwas nicht stimmen konnte. Sie roch stark nach Alkohol und wurde uns gegenüber aggressiv. Ich wies ihr gleich die Tür! Sie hatte uns nie erzählt, wie sie das Jahr in der staatlich geführten Erziehungsanstalt und die langen Jahre danach, in denen wir nie etwas von ihr hörten, erlebt hatte? Ich und mein Mann haben sie auch nie danach gefragt, es war ja auch schon lange her!

Sie sagte uns auch nicht, dass ihre Ehe nicht gehalten hatte und sie mit den Kindern total überfordert war. Sie konnte für ihre Kinder nicht sorgen. Sie wurden durch die Behörde in Pflege gegeben! Wie schön es tönt, „in Pflege geben!"

Was sich hinter solchen Worten verbirgt, erfahre ich hier und jetzt in dieser Trübe! Ich war ihr ja nie eine Mutter, die sich für ihr Kind einsetzte, und von mir hat sie niemals erfahren, wie es sich anfühlt, geliebt um ihretwillen und respektiert zu werden, von einem schützenden Umfeld umgeben zu sein!

Meine Enkel werden nun dieses Erbe, den großen Schmerz des Verlassenseins und Verlustes in sich weitertragen in die nächste Generation!

Meine Tochter ist bis heute ein tief trauriger, gebrochener Mensch, der sich nie durchsetzen konnte, ja es auch nie gelernt hat, Konflikte zu lösen, sich für Ungerechtigkeiten zur Wehr zu setzen. Sie muss alles in sich hinein schlucken!

So schlimm kommt mir nun auf einmal alles vor und zuvor überlegte ich mir nicht einmal, was da alles gelaufen war?

Eine Episode, von der ich geglaubt habe, sie wäre vorbei und vergessen!

Langsam verschwinde ich wieder aus dieser Szene, die in mir ein erschütterndes Gefühl hinterlässt und auf einmal empfinde ich Scham.

Plump und schwer hat mich diese Geschichte gemacht. Wie geht es nun weiter? Immer noch befinde ich mich in dieser Trübe. Die grauen Schatten schweben beständig und filigran wie Nebelschwaden vor mir hin und her. Zusammen mit dem nebligen Licht ergibt sich ein zartes und tröstendes Bild.

Ich frage mich, ob es diese Gestalten waren, die mich vorhin angepöbelt haben und sich lustig über mich gemacht haben? Es ist alles still und niemand antwortet mir.

Dann auf einmal verändert sich das Pastellgrau und die zartgrauen Wolken werden größer und dunkler. Dann schälen sich auf einmal richtige Gestalten daraus. Schemenhaft flattern sie auf mich zu. Bloß die Konturen dieser Gestalten kann ich ausmachen, sie wirken verschwommen. An ihrem Geruch kann ich erkennen, dass ich sie kenne! Es sind dieselben Gespenster, die mich in letzter Zeit immer wieder besucht haben! Wenn ich gerade am Eindösen war, im Lehnstuhl oder im Bett. Auch wenn ich tief geschlafen hatte, wurde ich sofort hellwach, wenn die im

Anmarsch waren! Dabei wurde es merklich kälter und ihr modriger Geruch stieg mir in die Nase. Auch wenn sie sich mir nicht gleich zeigten, so waren es doch Zeichen ihrer Anwesenheit.

Dann huschten sie, wie jetzt, als graue Schatten vor mir durch, kamen näher und zogen sich im selben Augenblick wieder zurück. Gerade so, als hätte ich die eingeschüchtert, dabei war es doch umgekehrt. Sie jagten mir einen gewaltigen Schrecken ein!

Obwohl ich mich als modern und aufgeklärt einstufen kann, konnte ich mir diese Erlebnisse nicht erklären. Immer war ich der Meinung, dass es in der heutigen Zeit für alles Unerklärliche, plausible Antworten und Entlarvungen gibt! Jedoch konnte ich für diese Ungeheuer nie eine Antwort finden. Insgeheim wusste ich aber genau, was dies alles zu bedeuten hatte! Ich verspürte wieder so ein Gefühl in mir drin, was mir einreden wollte, dass dies eben keine Gespenster waren, dass das alles echt war und ich bald mit ihnen gehen würde! Immer diese dummen Gefühle, ich konnte die nicht ausstehen, ich ließ mich lieber von Tatsachen leiten! Dann besann ich mich wieder, doch ich wusste genau, dass sich bald etwas ereignen würde. Es kam mir vor, als halte ich mich verkrampft, an einem losen Stein in der Felswand fest. Dabei war ich mir immer voll bewusst, dass wenn ich mich nicht mehr daran festhielt, ich in den Tod fallen würde. Aber lieber wartete ich darauf, bis der Stein nachgab. Ich selber hatte viel zu viel Angst diesen Stein los zu lassen!

Dann wurde ich wieder trotzig und wütend! Um meine penetrante Ahnung, dass mein Ende bevorstand, wollte ich mich nicht scheren. Was ist denn schon ein Gefühl? Gefühle dienen bloß dazu, um mir ein schlechtes Gewissen anzuhängen! Aber ganz so gut ausblenden konnte ich dieses Gefühl dennoch nicht. Es war zu gegenwärtig und ließ sich einfach nicht vergessen? In letzter Zeit kam es mir ständig in den Sinn und ließ meine Gedanken im Kreise drehen. Ich wollte doch nicht sterben! So dachte ich mir, ob mir vielleicht meine Augen einen Streich spielten? Diese Augenkrankheit, von der ich den Namen nicht mehr wusste, wurde vor ein paar Jahren in einer Gesundheitssendung thematisiert. Es ging dabei darum, dass die Betroffenen schwarze Flecken sehen oder gar Blitze? Dabei sollte es sich eben, um eine Erkrankung der Augen handeln. Vielleicht war das bei mir auch sowas?

Gleich am nächsten Morgen klagte ich der Pflegerin, die mir die Medikamente vorbeibrachte, sie sollte doch bitte einen Termin beim Augenarzt für mich buchen. Ich erzählte ihr nur, dass ich mit den Augen Probleme hätte und Dinge sähe, die es nicht gibt. Von den grauen Gestalten mit dem üblen Geruch erzählte ich ihr nichts.

Nach vier Wochen konnte ich endlich beim Augenarzt vorstellig werden. In einem Taxi für Behinderte wurde ich zu diesem Arzt gefahren.

Der besagte Arzt konnte, außer einer altersbedingten Sehschwäche, nichts feststellen. Es gab da keine Ablösung der Netzhaut und auch keine Makula, was immer das auch sein mochte. Fragen wollte ich den Arzt nicht. Er hatte dieses Wort, Makula, so normal ausgesprochen, in der Art, wie „das weiß doch jedes Kind!"

Einerseits war ich froh darüber, dass meine Augen gesund waren, andererseits musste ich mir eingestehen, dass diese Gestalten wohl oder übel der Realität entsprachen!

Niemandem konnte ich von meinen gruseligen Erlebnissen erzählen, denn jeder normale Mensch hätte mich sofort als durchgeknallt abgestempelt. Schnell wäre ich wohl in einer psychiatrischen Einrichtung gelandet! Dabei muss ich mir eingestehen, hätte mir jemand eine solche Geschichte erzählt, ich hätte auf der Stelle nichts mehr mit dieser Person zu tun haben wollen und sie als geistig umnachtet abgestempelt. Ganz klar!

Zu Beginn wiederholten sich die merkwürdigen Ereignisse unterschiedlich oft. Zwischen den beiden ersten Begegnungen vergingen sicher zwei Monate, bis es wieder passierte. Zuerst ignorierte ich die gruseligen Erlebnisse einfach und hatte sie schon am nächsten Tag wieder vergessen. Das Ganze hat mich anfangs auch nicht weiter beschäftigt! In der letzten Zeit dann, als dieses Gefühl meines nahen Todes dazukam, erschienen sie mir fast täglich und dabei hauchten sie mir sogar zu, dass ich mit ihnen gehen solle! Echt jetzt? Vor lauter Angst blieb ich einfach still sitzen und rührte mich nicht mehr. So dachte ich mir, wenn ich mich nicht bewegte, wäre ich vielleicht für diese Gestalten uninteressant? Selbst wenn ich meine Augen geschlossen hielt, nutzte dies nicht viel. Ich nahm sie sogar noch viel besser wahr. Auf ihre Fragen hin, ob ich mit ihnen gehen wolle, habe ich denen nie geantwortet oder gar selber Fragen gestellt. Obwohl ich es gerne getan hätte, denn allem Schreck zum Trotz und auch wenn die ganz klar nicht zu dieser Welt gehörten, fühlte ich mich ihrer irgendwie zugehörig?

Wieder musste ich eine Antwort finden, um mich zu beruhigen. Ich redete mir ein, dass sowas in der Realität nicht vorkäme. Einen großen Teil hat wohl auch meine Einsamkeit dazu beigetragen. Man hört ja immer wieder, dass Leute, die sich einsam fühlen, plötzlich mit Personen reden, die gar nicht anwesend sind. Auch Sennen, die einsam auf einer Alp leben, die sich lange Zeit mit niemandem austauschen können und dadurch regelrecht durchdrehen, weil denen plötzlich das „Doggeli" erscheint. Jetzt weiß ich wenigstens, was es bedeutet, wenn einem die „Doggelis" nachstellen! Ob mir diese grauen Gestalten auch erscheinen würden, wenn ich nicht alleine in der Wohnung wäre?

Immer noch schweben diese Gestalten um mich herum und auf einmal vernehme ich von weit her Orchestermusik. Sie spielen den Ungarischen Tanz Nr. 5 von Brahms. Die Melodie ist unverkennbar. Immer und immer wieder wird nur der erste Satz gespielt und sobald sie wieder neu beginnen, ertönt es fehlerhafter. Sobald das Stück schneller wird, wird es richtig falsch. Kein Instrument spielt mehr im Takt, ein komplettes Durcheinander an Tönen. Schrecklich, das anzuhören! Musikanten kann ich keine sehen, doch fühle ich deren Präsenz.

Ein derartiger Mischmasch aus Tönen scheint die grauen Gestalten keineswegs zu stören. Es gefällt ihnen wohl, denn sie führen eine Art Tanz dazu auf. Sobald ihre angeblich weichen und wallenden Gewänder mich berühren, bin ich erfüllt von stechenden Schmerzen! Gerade so, als würden mich Tausende Messer durchbohren! So intensive Schmerzen habe ich noch nie erlebt und ganz tief dringen die in mich hinein! Der modrige Gestank der Grauen verdrängt den bitteren Duft des Windes. Nur die Kälte ist geblieben! Dann, auf einmal, tanzen die einfach durch mich hindurch, als ob ich nicht existiere. Wie wenn ein riesiger Stein auf mich einschlägt, fühlt es sich an. So viel Gewicht hätte ich denen nicht zugetraut. Sobald sie durch mich hindurch sind, lässt der Schmerz augenblicklich nach, nur ihr ätzender Gestank bleibt an mir haften. „Pfui!" Normalerweise würde mich eine solche Gewalt glatt umhauen, doch ich bleibe an Ort und Stelle hängen, kann weder ausweichen noch mich zur Wehr setzen. Gesichter konnte ich bislang keine erkennen, aber langsam beginnen sich die Umrisse unter ihren Kapuzen deutlicher zu werden. Nein, Gesichter kommen da nicht zum Vorschein, nur hässliche, wutverzerrte Fratzen. Ruckartig schnellen sie hervor, direkt auf mich zu und noch bevor sie mich berühren, drehen sie gleich wieder ab. Diese Situation übertrifft alles andere! Es ist furchteinflößend und einfach schauderhaft! Dieser Zustand dauert nun schon eine gefühlte Ewigkeit, so kommt es mir vor. Es ist schier unerträglich. Wie lange kann ich das Ganze noch aushalten?

„Hilfe, Hilfe, so helft mir doch!", will ich schreien, doch dieser Hilferuf kommt nicht gesprochen von mir; er zieht als zittrige und fade aufblitzende Schwade von mir fort und verliert sich sogleich in dem trüben Licht.

„Was soll das?", frage ich mich. Angst und Sorgen erfüllen mein Innerstes noch mehr und weiten sich sogleich aus! Diese Energien umhüllen mich wie ein Kleid, jedoch kein stilvolles, elegantes Kleid. Farben, Muster und Längen sind ein wildes Durcheinander mit vielen ausgefransten Löchern darin.

Mein Hilferuf von vorhin, der ohne Laute von mir gegangen war und von dem ich dachte, dass ihn niemand erreichte, hat weitere Gestalten zu mir hingelockt. Sobald sie sich mir nähern, macht sich die gruselige Meute davon und zu meinem Glück auch die scheußliche Musik!

Nach und nach umgeben mich menschliche Hüllen. Anders als die grauen Gestalten, ist es mir nun möglich, sie zu erkennen. Bei näherer Betrachtung wäre es mir jedoch lieber, sie nicht zu kennen! Das Ganze ist mir peinlich! Von tiefer Scham ergriffen, erkenne ich deren Anliegen! Viele Ungereimtheiten und ihre tiefen, seelischen Verletzungen breiten sich direkt vor mir aus, wie ein löchriger, farbloser Teppich; den ich am liebsten im Müll entsorgen möchte!

Es sind enorme Schläge, die ich meinen Mitmenschen durch das ganze Leben hindurch verabreicht habe. Durch meine Arroganz, meinem grenzenlosen Egoismus, mein unsagbares Unverständnis für ihre Nöte und die fehlende Empathie! Viele Menschen habe ich bloß benutzt und ausgenommen und hintendrein noch schlecht gemacht bei anderen Leuten. Nur damit ich in einem besseren Licht erschienen war! Dabei hat niemand genau hingeschaut, wie es wirklich war. Als diese hintergangenen Menschen endlich begriffen hatten, dass ich sie nur benutzt und schlecht gemacht hatte, war ihre Enttäuschung groß und der Schmerz tief! Erst jetzt erkenne ich, was ich durch mein scheinheiliges Verhalten angerichtet habe! Der durch mich hinzugefügte Schmerz, ihre Wut auf mich, all diese Energien kleben an mir. Somit bin ich mit ihnen mehr verbunden als mir lieb ist! Hier muss ich mit Bestürzung erkennen, ich bin sie und sie sind ich. Ich bin eins mit denen! Irgendwann einmal werde ich dies alles zu bereinigen haben. Warum nur konnte ich mit diesen Menschen nicht normal und ehrlich umgehen? So viele Seelen sind es und nicht nur von einem Leben! Es ist zum Verrücktwerden, denn es ist ein großes Muster, in dem ich Leben für Leben zugebracht habe, ohne es einmal geändert zu haben. Immer wieder tappte ich hinein, obwohl ich insgeheim wusste, es ist falsch.

Langsam ziehen die von mir Gepeinigten wieder ab und verschwinden im diffusen Licht. Wo gehen sie wohl hin? Darauf erhalte ich keine Antwort. Nur ihre frustrierten Energien kleben nun an meinen Gefühlsfesseln, somit bin ich dick eingepackt von unangenehmen Energien!

Sogleich werde ich wieder von der grauen Meute umlagert. Ihre hässlichen Fratzen haben sich gewandelt in lächelnde Mienen, die sich daran erfreuen, wie ich neuerdings eingepackt bin!

Auch das Orchester kann es einfach nicht lassen und dröhnt mit seinen falschen und lauten Tönen, immer noch den fünften Satz des Ungarischen Tanzes, wieder und wieder ...!

Gerne möchte ich wieder schreien, mich bemerkbar machen, bei anderen Lebewesen oder was immer es auch sein mag. Es kann doch nicht sein, dass da niemand anderes ist, als diese scheußlichen Gestalten?

Mit tiefen wabbeligen Tönen fragt mich einer der Grauen: „Willst du jetzt mit uns gehen? Wir werden dich begleiten, damit du nicht so alleine bist?"

„Nein, nur das nicht!", ist mein erster Gedanke. Zu den Grauen gewandt, sage ich: „Mit solchen stinkenden, scheußlichen Gestalten will ich doch nichts zu tun haben und niemals werde ich mit euch weiterziehen. Ihr dürft gerne gehen, aber sicher ohne mich!" Die ganze Meute bricht sofort wieder in jaulendes Gelächter aus! Es ist sowas von grotesk!

Dann schreit mich auch schon eine der Gestalten an: „So, so, mit uns willst du also nicht mitgehen, weil wir angeblich stinken und scheußlich aussehen, he! Aber immerhin bist du ja bei uns gelandet und wie du ja bereits erfahren hast, will niemand sonst, irgendetwas mit dir zu tun haben? Denn gerade du hast ja nicht viel getan im Leben, nichts hast du verbessert, damit du leichter geworden wärst, denn dann bräuchtest du nicht mit uns zu gehen. Mit solch niederen Energien gehörst du, ob du nun willst oder nicht, zu uns. Wir sind einander ähnlich!"

Sowas will ich gar nicht hören! Gerne würde ich wieder schreien, mich bemerkbar machen, bei jemandem, der mich retten könnte! Doch wenn ich mir überlege, was nach meinem letzten Hilferuf daher kam, lasse ich es besser bleiben.

Überdies meine ich zu fühlen, dass um mich herum, außer diesen Energiefesseln, nichts mehr existiert. Kein Körpermantel mehr, der mich umgibt und schützt. Bestehe ich denn nur noch aus Luft? Nein, das kann nicht sein, irgendetwas ist da noch vorhanden, oder?

Aus meinem tiefsten Innern und ohne dass ich diese Energie anhalten kann, baut sich geradewegs ein gewaltiger Druck auf!

Bevor ich gleich platze, entlädt sich dieser Druck auf einmal mit einem gewaltigen Knall! Die ganze Energie schlägt wie Prügel auf mich ein. Wo ich mich gerade noch in diesem milchig weißen Licht befunden habe, ist jetzt alles knallrot geworden. Diese Entladung hat eine enorme Schallkraft und hallt eine gefühlte Ewigkeit um mich herum! Eine derart gewaltige Dynamik, die wie aus dem Nichts heraus zerplatzt ist? Nein, ich muss mich korrigieren, die ist wahrhaftig aus meinem Innersten heraus geplatzt und es gibt noch sehr viele solcher Energien tief in mir, die im Verborgenen darauf lauern, sich zu entladen.

Die grauen Gestalten haben sich derart erschrocken, dass sie sich kreischend aus dem Staub gemacht haben. Selbst das Orchester hat aufgehört zu spielen. Für einen Augenblick herrscht herrliche Stille.

Das Knallrot verblasst allmählich, wird ständig weniger bis ich mich endlich wieder im gewohnten, weitläufigen und trüben Licht befinde, wo nichts aber auch gar nichts erkennbar ist.

Von weit her und leise versucht sich wieder die Musikkapelle mit dem Ungarischen Tanz. Diesmal noch schauriger und zittriger! Die grauen Schatten sind auch schon wieder zugegen. Jetzt behalten sie wohlweislich einen größeren Abstand zu mir hin.

Wo bin ich hier nur gelandet? Was ist los? Befinde ich mich wirklich „nur" in einem Traum? Das Ganze fühlt sich derart echt an und ich glaube zu wissen, dass ich irgendwo herumhänge; zwischen Traum, Leben und gestorben sein? Der Gedanke von meinem Ableben bohrt sich wie eine spitze Nadel in mein Inneres. Sehr schmerzhaft!

Ja, ich muss zugeben, es wäre möglich, dass ich verstorben bin, denn alt genug bin ich ja dafür. Sogleich versinke ich in eine große Traurigkeit. Ich wollte doch noch nicht sterben! So viele Dinge wollte ich doch noch erleben und sehen! Die Serie im Fernsehen mit den jungen Ärzten, es ist doch gerade so spannend. Gerne würde ich die weiterschauen!

Der rettende Gedanke kommt sogleich und mit ihm die große Erleichterung. Die Traurigkeit ist verflogen. Nach meinem Glauben wird man doch von Engeln abgeholt, die wiederum geleiten einen ins Paradies! Immerhin steht sowas in der Bibel geschrieben. Oder?

Weiter habe ich immer wieder vernommen, dass sich niemand zu sorgen brauchte wegen dem Sterben! Aber im Grunde weiß ja gar niemand, wie ein solches Geschehen vonstattengeht und vor allem, was danach kommen wird.

Für mich war es immer tröstend zu wissen, dass es da ganz liebe Engel gibt, die mich nach dem Tod empfangen und geleiten werden. Noch so gerne habe ich mich meinem Wunschbild hingegeben, dass ich garantiert einmal in den Himmel kommen werde! Wenn ich mir dies alles nun überlege, zerfällt das ganze Gebilde wie ein Luftschloss. Ich kann mich nicht mehr daran festhalten und weitergehen.

Irgendwo im trüben Licht ertönt wieder ein fieses Gelächter!

„Siehst du, deine falschen Darlegungen, die du dir während deines Lebens zurechtgelegt hast, um dein Gewissen aufzubessern, zerfallen hier zu nichts. Es war also bedeutungslos!"

Wieder lachen alle und ich kann nicht glauben, dass es keine Engel geben soll! Allerdings waren da die Angst und das Ungewisse immer latent zugegen, dass ich zu diesem Thema auf ein Luftschloss gebaut hatte. Andererseits war es mir zuwider, tiefer darüber nachzudenken, zu hinterfragen oder mich anderweitig zu informieren. Jedes Mal, wenn eine solche Frage in mir hochkam, tröstete ich mich damit, dass eh niemand so richtig weiß, wie es abläuft. Sowieso meinte ich, dass ich wie die allermeisten Leute einfach im Schlaf hinübergleiten werde! Wie mein Ehemann, der eines Morgens tot neben mir im Bett gelegen hatte.

Gewiss, es gab da manchmal auch Bemerkungen von Bekannten, die meinten, dass da viel gelitten wird. Das Sterben nicht immer einfach vonstattengeht und sich insgeheim fast jeder vor seinem Ableben fürchtet. Ob es wohl wehtut?

Wieder lachen mich die grauen Gestalten aus!

„Ob es wohl weh tut?", äffen sie mich nach. Es ist zum Verrücktwerden. Wirklich kein einziger Gedanke lässt sich vor denen verbergen?

Jäh packen mich die Angst und die Wut gleichermaßen, dabei gehen wiederum grelle Blitze von mir ab. Das Bedürfnis zu schreien oder mich sonst irgendwie bemerkbar zu machen, zerreißt mich schier. Außer einem tiefen Gurgeln, das sowieso niemand versteht, geht da nichts mehr! Ich habe keine Stimme mehr? Wieder baut sich enormer Druck in mir auf und der kommt diesmal nicht zum Platzen. Von außen pressen mich die Gefühlsfesseln zusammen und der Druck in meinem Innern kann nicht entweichen. Ich muss mich beruhigen, aber das geht nicht so einfach. Nur ganz langsam kann ich die Wut entkräften und erst da lässt der Druck wieder nach! „Reg dich nur zünftig auf, wir mögen das an dir. Es verleiht uns Kraft und dazu ergötzen wir uns an dir!", schreien die Grauen mir aus dem Verborgenen zu. Ich kann keine der Gestalten entdecken?

Eine ganz schlimme Situation ist das hier! Wie kann ich dem bloß wieder entrinnen?

Plötzlich entweicht aus meiner Bauchgegend schwarzer Ruß. Schnell bin ich eingedeckt und alles wird gespenstisch schwarz! Aus dieser Schwärze tauche ich in die nächste Begebenheit ein.

Niemals war ich imstande richtig, echt und tief zu fühlen! Es war mein Kopf, der mir sagte, wann ich Empathie zeigen sollte. Meine Gefühle des Herzens dienten mir nur, um mir zu sagen, „es ist ein schmerzhafter Weg, der nicht zu dem Ziel führt, das ich immer verfolgte; nämlich viel Geld und Macht zu haben!"

Menschen habe ich stets zutiefst misstraut. Dazu gesellten sich die Eifersucht und der Hass. Ich konnte es kaum ertragen, wenn jemand anderes, besser und teurer bekleidet daherkam. Wenn sich jemand anderes besser bewegen oder, meiner Ansicht nach, angeregtere Gespräche führen konnte als ich! Kurz, wenn mir jemand überlegen schien, schrillten bei mir sogleich die Alarmglocken! In meinem Freundeskreis verbreitete ich dann unwahre oder halbwahre Geschichten. Dabei konnte ich es immer so einrichten, dass ich danach glänzend dastand! Meine sogenannten Freunde und Bekannten verhielten sich ja genau wie ich, die waren auch nicht an der Wahrheit interessiert! Selbstsicher und tough war mein Auftreten. Meinem Engelsgesicht waren die Lügen nicht anzusehen. Wieder wird mir voll bewusst, dass ich meine verwerflichen Handlungen nie hinterfragt habe. Hauptsache ich stand im Mittelpunkt!

Nach meinen gemeinen Attacken hat sich dann alles wie von selbst erledigt. Die verunglimpfte Person war durch mich gebrandmarkt und gehörte nicht mehr in unseren Kreis der „Erlauchten"! Schnell war die Geschichte wieder vergessen worden. Ich musste auch nie Stellung beziehen, wenn die gebrandmarkte Person um ein klärendes Gespräch bat! Welches Motiv hinterrücks über sie verbreitet wurde war nie relevant, denn vielfach wusste diejenige Person nicht einmal, um was es dabei ging. Sie wurde einfach von allen verabscheut! Immer wieder war ich der Meinung, ich hätte das Recht dazu gehabt, solch infame, und zu meinen Gunsten, verdrehte Geschichten hinterrücks zu erzählen. Überhaupt wussten diese Leute gar nicht, wer ihnen dermaßen zusetzte! Immer wieder hat es Situationen gegeben, in denen ich diesen gebrandmarkten Leuten auf der Straße begegnete und ihnen nicht ausweichen konnte, weil ich sie zu spät erblickte. Vor mir stand da ein, durch meine Arglist, gefälschtes Bild. Wenn ich dann mit diesen Personen von Angesicht zu Angesicht sprach, musste ich feststellen, dass meine Meinung über diese Person nicht übereinstimmen konnte. Dennoch hielt ich am falschen Bild fest, ich wollte ja nicht als niederträchtige Person dastehen! Meine Eifersucht war dermaßen groß, es hätte mich rasend vor Wut gemacht, wenn da jemand besser dastand bei anderen Leuten, als ich! Dies war meine Kultur.

Niemand wollte die Wahrheit wissen, niemand hörte dieser Person zu! Allerdings nur bei der Sorte Leute, die wie ich tickten und in derselben Energie badeten! Das ganze Leben hindurch hatte ich Begegnungen mit Menschen, die sich nicht blenden ließen von unwahren Geschichten. Ihr Herz war hauptsächlich ihr Kompass und nicht ihr Gehirn! Aber ich fühlte mich unbehaglich in deren Gesellschaft. Denn in ihrem Innersten wussten die, um was es geht im Leben. Wenn ich mich mit solchen Menschen aufhielt, beschlich mich immer ein komisches Gefühl. Wenn sie mich betrachteten, meinte ich immer, dass die direkt in mein Innerstes sahen. Sowas empfand ich als ekelhaft! Zudem konnten die mir nicht weismachen, dass sie selber nicht dem Geld nachjagten, dass sie mit dem glücklich waren, was sie besaßen.

Ein ganzes Leben lang begegnete ich unzähligen Personen und mit niemandem vermochte ich auch nur ansatzweise etwas zu klären, sodass es hätte leichter werden können. Durch mein scheinheiliges Verhalten zerstörte ich viele Lebenswege oder leitete sie in die falsche Richtung, mitunter auch den Meinigen! Nun stehe ich denen hier auf einmal gegenüber und muss erschrocken feststellen, dass diese Energien wie Ballast an mir kleben und ich an ihnen.

Dabei war ich immer der Ansicht, ich käme mit solchen Leuten nie mehr in Berührung und ich würde denen nie mehr begegnen, wie ein Sprichwort sagt: „Aus den Augen aus dem Sinn!"

Nichts ist gelöst, viele Ungereimtheiten liegen im Argen, dessen tiefe, seelische Verletzungen bereiten sich gradlinig vor mir aus, führen direkt zu mir hin und umklammern mich wie meine Gefühlsfesseln. Der Druck von den vielen Fesseln ist mittlerweile gewaltig! Ihr Schmerz und ihre Wut sind schier unerträglich! Wieder gibt es für mich keine Ausweichmöglichkeiten. All die verletzten Seelen lasten schwer auf meinem Geist. Doch auch umgekehrt fließen tiefe Verletzungen, die mir meine Gegenüber verursacht haben, zu ihnen hin. Es ist wie ein Pingpong Spiel. Niemand konnte oder wollte verzeihen oder klären, damit man nicht mehr aneinanderklebt! Wir waren allesamt nicht imstande, solche massive Verworrenheiten zu harmonisieren. Wir wären dann freier und leichter geworden! Erst dann hätte ich diese Personen ganz vergessen können!

Es wundert mich erst jetzt, denn gewiss ist, dass wir alle in einer zivilisierten Welt leben! Wir hatten immer einen freien Willen und jegliche Möglichkeiten standen uns offen, dennoch wählten wir den härteren Weg. Wir besuchten alle mindestens neun Jahre die Schule, lernten neun lange Jahre Schreiben und Lesen und übten endlos Texte richtig zu verstehen, die richtige Aussprache, dazu sich nett und höflich aus zu drücken ! Diese

Plackerei hat offenbar in keiner Weise ausgereicht, damit wir unser Gegenüber richtig verstehen und die Beweggründe richtig einordnen konnten.

Herrje! Was habe ich da bloß für ein Durcheinander hinterlassen! Gelegenheiten, diese falschen Geschichten wieder zu bereinigen, hätte ich mehr als genug gehabt. Da gab es auch Zeiten, in denen ich aus tiefstem Herzen meine gemeinen Hinterlassenschaften bereinigen wollte. Wenn ich dann die jeweilige Person antraf, verließ mich der Mut! So plauderten wir wieder über das Wetter, über andere Personen oder Einkäufe. Eben Gespräche, die nie der Rede wert waren! Wir haben uns den Anschein gegeben, dass wir einander gut verstehen, weil wir beide doch so gut über das Wetter oder das aktuelle Weltgeschehen diskutieren konnten. Dabei waren wir immer der gleichen Meinung. Ich wollte ja diese Freundschaften nicht zerstören!

Der Ruß hat sich zu einem großen schweren Klumpen zusammengezogen! Richtig verklebt bin ich mit all diesen Energien. Hier gibt es leider keine Auflösung und kein „Happy End" aus dem ganzen Schlamassel!

Vielleicht kann der liebe Gott dem Ganzen abhelfen? Wenn ich dann mal zu ihm gelangen könnte?

Aus der Trübe vernehme ich wieder dieses laute Geheule von den Grauen, die sich an meinem Gejammer erfreuen. „Ja, ja", schreien mich die Grauen an, „der liebe Gott soll alles wieder in Ordnung bringen, während du nicht einen einzigen Finger rühren musst und so weitermachen kannst wie bisher!"

Leise beginnt das Orchester wieder, den Ungarischen Tanz zu spielen, natürlich falsch und schräg.

Die Grauen berauben mich der letzten Hoffnung und die ganze Atmosphäre zieht mich nach unten in noch trüberes Licht. Jetzt bin ich vollständig bei den Grauen gelandet. „Hier gehörst du hin, zu uns!", jaulen sie mir freudig zu.

Wieder einmal frage ich mich, was das Ganze hier soll und was es schlussendlich zu bedeuten hat? Kann ich diesen stinkenden Gestalten überhaupt trauen? Auch wenn ich fühle, dass ich zu ihnen gehöre, sind sie mir nicht geheuer!

Vordergründig gebe ich mich so, als ob mich alles kalt lassen würde. Sogleich fallen sie wieder in ein lautes Gelächter! Die haben vernommen, was ich für einen Plan habe, und ich habe vergessen, dass ich hier nichts verheimlichen und nichts für mich behalten kann!

Wütend schreien sie mich an: „Meinst du wirklich, du könntest uns täuschen, he? Deine Verschlagenheit kannst du unseretwegen im nächsten Leben wieder anwenden! Du bist ja sowas von geübt im Fallenstellen! Aber nicht an uns, denn wir kennen dich genau!"

Ihr meckerndes Freudengeheul dröhnt tief in mein Inneres und lässt mich erschaudern! Bin ich wirklich ein solch widerwärtiger Mensch gewesen?

Endlich verschwinden die grauen Gestalten mitsamt der Orchestermusik in der Trübe. Sofort verändert sich die ganze Stimmung, es wird ein wenig wärmer, wie angenehm! Im gleichen Augenblick ahne ich schon, es könnte wieder unangenehm werden. Vor allem die Stille wirkt trügerisch!

Nach einer Weile überkommen mich Zweifel, immer mächtiger bauen sie sich in mir auf. Weil ich nicht mit Bestimmtheit sagen kann, ob mein Tod so auch stimmt? Denn außer dem intensiven Gefühl, das mir mitteilt „Ja, ich bin verstorben!" gibt es keinerlei Beweis dafür! Ebenso gut könnte mein jetziger Zustand ein Traum sein. Engeln bin ich bisher auch keinen begegnet und diese gruseligen Gespenster sind entschieden keine göttlichen Wesen! Also kann dies doch unmöglich mein Ende bedeuten?

Der Versuch, mich so zu beschwichtigen, geht nicht. Es ist ein wirklich ausgeprägtes Sinnesgefühl, wie ich es so auch noch nie erlebt habe! Alles in mir schreit, „ja, ich bin verstorben!"

Gleich darauf melden sich die groß aufgebauten Zweifel: „Nein, ich bin nicht verstorben!"

Ja was denn nun?

Wie gelähmt stehe ich nun ganz alleine in diesem komischen Raum. Aber was ist das nur für ein Raum? Es gibt hier weder einen Boden noch Wände oder eine Decke. Ich weiß absolut nicht, wo sich hier etwas abgrenzt, wo sich das Ende befindet. Wenn ich es mir genauer überlege, so weiß ich nicht einmal, ob ich hier stehe, liege oder sonst wie existiere? An nichts kann ich mich orientieren. Hier und jetzt bin ich einfach nur noch, weder fühle ich mich als Frau noch als Mann. Ebenso gut könnte ich eine Pflanze, oder ein Tier sein! Sogar ein Stein oder ein Sandkorn, ein einziger Wassertropfen oder mehrere. Ein Krümel Erde oder die ganze Erde; selbst der Mond und die Sterne alle zusammen oder aber nur ein Quäntchen davon! Alles ist hier ein und dasselbe und besitzt dieselben Energien wie ich! Eigentlich ist das einleuchtend, warum sonst sollte etwas, das von dieser Erde oder dem Weltall stammt, nicht dieselben Energien besitzen wie meine Wenigkeit? Wenn wir doch allesamt „nur" aus Sternenstaub bestehen?

So was Verrücktes, wie mir solche Zusammenhänge auf einmal auffallen. Nie im Leben habe ich auch nur einmal einen Gedanken darüber verschwendet, woher ich gekommen bin und wohin die Reise letztendlich gehen könnte? Niemand konnte sowas wissen und somit waren solche Gedankengänge für mich überflüssig! Nur tief in meinem Innern wusste ich genau, was ist. Doch das lag unter vielen Schichten begraben!

Vor mir erscheinen auf einmal Bilder aus meiner Blütezeit. Perfekt geschminkt und gekleidet, in ganz hohen Absätzen. In solch halsbrecherischen Schuhen zu gehen, habe ich mir in unzähligen Übungsstunden selber beigebracht! Immer legte ich großen Wert darauf, dass ich eine Frau war und auch als solche gesehen werden wollte! Wie meine jeweiligen Begegnungen mit anderen Menschen sich abgewickelt haben, zeigt sich mir unverhohlen. Es ist ein großes Lebensmuster, das sich immer wie folgt abspielte: Wer ist mein Gegenüber? Mann, Frau oder Kind? Gepflegt oder könnte man noch etwas nach optimieren? Mehr wollte ich eigentlich gar nicht wissen.

Es waren mein Wohlbefinden und mein Aussehen, welche mir am wichtigsten waren. Dann war da noch der Eindruck, den ich hinterließ! Ich wollte bewundert und hoch geachtet werden von meinen Begegnungen! Schon nur ein Fleck auf der Bluse oder ein wenig Schweißgeruch konnte diese Achtung zu Fall bringen! Viel Gewicht und Energie verschwendete ich, indem ich alles unterschied, entweder in gut oder schlecht. Problematisch an solchen Bildern war, dass solche Eindrücke, die ich mir selber zusammenreimte, an mir haften geblieben sind! Es kam selten vor, dass, sobald für mich etwas nicht gut war, ich dieses Bild nie von einer anderen Seite betrachten konnte. Die Spitzen dieser Gedankenränder hätten sich danach harmonisieren können! Stattdessen lullten die meinen Charakter immer enger ein! Die von mir abgestempelten Personen hätten sich ändern müssen, um in mein Schema zu passen und somit in meiner Gunst zu stehen! Dabei wussten die ja nicht einmal, was ich über sie dachte. Es war ja nicht alles nur schlecht, was ich als solches betrachtet hatte. Der Anteil am Guten war genauso groß und es hätte immer an mir gelegen, dieses zu finden! Ein mattes Gefühl schlängelt sich aus meiner Mitte heraus. Das ständige Unterscheiden von allen möglichen Dingen hat mich nicht weitergebracht. Meistens diente es dazu, die volle Aufmerksamkeit der Mitmenschen zu erhaschen, mich hervorzuheben oder zu distanzieren. Immerzu drehten sich meine Gedanken darum, wie ich auf andere wirkte, insbesondere auf das männliche Geschlecht! Es war einfach zu schön, wenn mir jemand hinterherstarrte! So verdreht war mein Leben! Es war wie eine Sucht!

Nie verließ ich das Haus ungeschminkt, ein fehlerfreies Äußeres war für mich Pflicht! Diese Muster haben mich jede Menge Zeit und Kraft gekostet, die ich wahrlich für meinen Seelenfrieden und das Weiterkommen benötigt hätte! So viel Kram, der hier sowas von belanglos und völlig unwichtig daherkommt! Ja, und jetzt sowas, mich mit Tieren, Pflanzen oder gar Steinen in Verbindung zu bringen und dass diese Dinge Gefühle oder gleich sind wie Menschen, ist mir unverständlich! Sowas wäre mir in den kühnsten Träumen nie vorgekommen, geschweige denn im wachen Zustand. Wenn mir mal jemand erzählt hat, dass Tiere genauso fühlen wie wir Menschen, hat es mir nichts bedeutet. Sollen die nur erzählen! Es war mir regelrecht zuwider, für sowas meine Zeit zu verschwenden. Es hat mich schlichtweg nicht interessiert!

Oder aber wäre es nicht eher so gewesen, dass ich ein schlechtes Gewissen gehabt hätte, wenn ich mir bewusst geworden wäre, wie dieses Tier, von dem ich gerade das beste Filetstück aß, zu Tode gekommen war? Hatte dieses Geschöpf wohl auch Angst davor, zu sterben? Wurde es gehetzt vor seinem Tod? Wer hat ihm schlussendlich das Leben genommen? Wie hat es bis zu seinem Tod gelebt? Wurde es nach der Geburt gleich von seiner Mutter getrennt und in eine viel zu kleine Box gesteckt, wo es weder zu seiner Mutter noch zu anderen Herdenmitgliedern Kontakt hatte? Wo es ganz alleine und voller Angst dahinvegetierte oder es mit vielen Artgenossen auf engstem Raum zusammengepfercht aufwachsen musste bis zu seinem Tod? Hat dieses Tier nur einmal im Leben die Kraft der Sonne erfahren, den Wind gespürt, den Frühling in der Natur erlebt? Sich einmal in seinem kurzen Leben seinen eigenen Bedürfnissen hingeben und diese erleben können?

Ich muss sofort aufhören mit meinen Überlegungen, ich fühle mich elend. Tiefe Emotionen drängen wieder hervor! Es sind all die Qualen dieser Tiere, die ich ohne zu hinterfragen einfach gegessen hatte. Es fühlt sich enorm belastend an! Diese schwere Energie lässt mich wieder nach unten fallen ins schwarze Nichts! Ohnmächtig muss ich wieder warten, ich kann mich dem nicht entledigen!

In dieser schlechten Verfassung, in der ich mich gegenwärtig befinde, kommt sogleich die nächste Szene auf mich zu. Dabei hätte ich jetzt wirklich eine Pause gebraucht!

Viel Schminke und vorteilhafte Kleidung halfen mir in jungen Jahren. Mit zunehmendem Alter ist es mir nicht mehr gelungen, mein Alter mit verschiedenen Schminktechniken zu kaschieren oder gar unsichtbar zu machen. Glücklicherweise lebte ich in einer Zeit, in der solchen Fehlern zügig abgeholfen werden konnte! Mit dem einen oder anderen operativen Eingriff wurde meine Haut wieder straffer und frischer. Durch das Straffen meiner Hängelider, konnte man danach meine Augen wieder erkennen! Mit der Zeit bemerkte ich dann, wenn ich mich im Spiegel betrachtete, dass da irgendetwas nicht mehr stimmte. Ja, die Ergebnisse meiner Schönheitsoperationen wurden zunehmend lächerlich! Wenn ich mich mit anderen Menschen unterhielt, glaubte ich zu spüren, dass ich nicht mehr ganz ernst genommen wurde! Auch die jungen, makellos schönen Arztgehilfinnen meines Schönheitschirurgen machten sich lustig hinter meinem Rücken!

Selbst der Schönheitschirurg, auch wenn er immer das Beste herausholen wollte, wusste mit der Zeit nicht mehr so recht, wie er diese Glätte in meinem Gesicht noch hinbekommen sollte, ohne mein Gesicht nicht zu sehr zu „verstellen".

Lange zuvor schon passte mein äußeres Erscheinungsbild nicht mehr zu mir! Die viel zu dunkel gefärbten Haare ließen mein Gesicht hart erscheinen und die vollen Wangen wollten einfach nicht mehr so recht zu meinem spitzen Kinn passen? Aber es war mir egal. Ich sagte zu mir, dass ich mit fünfzehn Jahren dieselben vollen Wangen gehabt hatte, wie jetzt mit sechzig Jahren! Die reichhaltig aufgespritzten Lippen ließen zwar den Lippenstift hervorragend auftragen, denn dieser konnte nicht in die kleinen Fältchen einlaufen. Jedoch sah das ganze Erscheinungsbild immer grotesker aus! Die verschiedenen Lebensgesichter schweben auf einmal vor mir. Wir betrachten uns gegenseitig. Ich muss sagen, die letzten Jahrzehnte hatte ich keinen Bezug mehr zu meinem Gesicht! Sie wirken wie eine absurde Maske.

Meine gebastelten Veränderungen stellten dar, was ich gerne sein wollte. Da ich jedoch nie etwas dazu beigetragen hatte, so zu sein, wie ich gerne wollte, weil ich mein Inneres nie ausmistete, komme ich mir nun mehr als lächerlich vor! Ich hätte mich innerlich auffrischen sollen und nicht meinen Körper!

Erst als mir mein letztes Gesicht präsentiert wird, fühle ich ganz schwach, dass dies etwas mit mir zu tun haben könnte! Die halb ausgewachsenen Farbreste in meinem sonst schneeweißen Haar sehen schlimm aus.

Die Grauen rufen mir aus dem Verborgenen entgegen: „Irgendwann kommt alles wieder zum Vorschein, auch das Vergessene!"

Ja ich weiß, die mir unangenehmen Tatsachen auszublenden, zu übertünchen und zu vergessen, konnte ich wirklich gut.

Die ständigen Verschönerungen an meinem Körper entledigten sich bald von selbst! Immer wieder habe ich Termine beim Arzt vergessen, dass, wenn ich mich bei den jungen Dingern beim Schönheitschirurgen, an der Rezeption anmelden wollte, sie mir sagten, ich hätte gar keinen Termin. Das Gespött und das Gekicher dieser jungen Gören verletzte mich sehr!

Ich meinte aber, ich wäre beim Augenarzt, dort wäre ich richtig gewesen. Oder ich meinte, einen Termin beim Hausarzt zu haben, und schrieb mir auf den Zettel, was ich aus dem Supermarkt benötigte. Dem Arzt konnte ich dann nicht erklären, was meine Fragen waren.

Auch wenn es danach keine operativen Eingriffe mehr gab, die Eigenschaften eines guten Aussehens konnte ich nicht einfach so weglassen. Dabei wurmte es mich jeweils gewaltig, wenn ich nach Hause kam und erst wieder in der Wohnung bemerkte, dass ich vergessen hatte mich zu schminken. Diese Tatsache ließ mich immer öfter zu Hause bleiben. Mich selber zu schminken wurde auch immer schwieriger, da ich mit meinen Augen kaum noch scharf sehen konnte. Es war manchmal zu viel Farbe oder etwas daneben aufgetragen. Hauptsache mir hat es gefallen. Jeden Abend schmierte ich mir Gesicht, Hals und Dekolleté dick mit immer wieder anderen Cremen ein. Bis ich mir wieder eingestehen musste, es nützte alles nichts mehr! Der Alterungsprozess schritt unaufhaltsam voran. Selbst meine eigenen Zähne, ja, selbst die vielen Stiftzähne, die ich mir in mittlerem Alter, teuer hatte einbauen lassen, wurden lockerer. Obwohl ich sie immer penibel pflegte, mit der Hoffnung verbunden, dass sie mir noch lange dienen würden und die ich beim Reden oder Lachen stolz zeigen konnte. Erst vor Kurzem, bemerkte ich beim Kauen, dass da wieder etwas Hartes und Unbekanntes im Essensbrei herumplanschte. Als ich das Harte auf den Löffel spuckte, musste ich erschrocken feststellen, dass es wieder einmal ein Zahn war, der sich da offenbarte. Zum Glück verspürte ich dabei keine Schmerzen. Allerdings summierten sich die Lücken in meinem Mund und wenn ich ihn öffnete, war es nicht schön anzusehen, selbst wenn man, so wie ich, nicht mehr gut sah! Mein Mund wirkte durch den Zahnverlust eingefallen und schrumpelig!

Von da an schaute ich einfach nicht mehr in den Spiegel, denn es gab da nicht mehr viel Schönes zu sehen!

Ich weiß gar nicht mehr, wann es angefangen hatte, dass ich nicht mehr nach draußen gehen wollte. Denn die Menschen da draußen jagten mir Angst ein! Ihre Blicke lagen auf mir, lange und intensiv. Sie verhießen nichts Gutes. Einmal sprach ich jemanden an, von dem ich glaubte, dass er mich ständig anstarrte und mit seinen Kollegen über mich sprach und auslachte? Dabei meinte er zu mir, dass er mich gar nicht angesehen hatte und überhaupt keine Notiz von mir genommen hatte. Ich glaubte ihm damals nicht!

Ständig meinte ich, dass mir das Alleinsein nichts ausmachen würde, ich viel lieber meine Ruhe hatte! Die lange Isolation, die ich mir auferlegte, ließ mich anders werden. Die Einsamkeit setzte mir sehr wohl zu. Denn außer den monatlichen Besuchen beim Hausarzt und den Einkäufen im Supermarkt kam ich nicht mehr unter Menschen, von Gesprächen ganz zu schweigen. Selbst die Kassiererinnen sprachen kein Wort mehr mit mir, die hatten scheinbar immer viel zu tun!

Auf einmal gab es da niemanden mehr, den ich zu Rate ziehen konnte, sei es nur für irgendeine banale Frage oder ein komplexes Problem. Immer öfter führte ich Selbstgespräche. In meinen vier Wänden diskutierte ich sogar mit meinem Fernseher! An vielen Gesprächsrunden habe ich mich lautstark beteiligt und denen meine Meinung gesagt! Auch wenn die mich nur blöd angegrinst haben, zu so viel Blödsinn musste ich mich einfach äußern!

Laut und selbstvergessen erledigte ich meine Einkäufe im Supermarkt um die Ecke. Dabei schauten die Menschen mich neugierig an und suchten mit ihren Augen den Menschen zwischen den Regalen, mit dem ich gerade diskutierte.

Erst als sie begriffen hatten, was da los war, schüttelten sie ihre Köpfe oder lächelten milde! Ohne ein Wort zu mir zu sagen, zogen sie von dannen. Es gab auch solche, die hinter meinem Rücken tuschelten, dies schmerzte mich! Ständig musste ich mich zusammenreißen, um im Supermarkt nicht laut zu sprechen!

Es ist mir immer noch ein Rätsel, wie schnell ich körperlich wie auch geistig nachließ? Von dieser stattlichen Frau, die für alles und jeden eine Antwort kannte, war nichts mehr übrig geblieben! Erst richtig bewusst geworden ist es mir, als ich mich eines Abends nicht mehr aus meinem Lehnstuhl erheben konnte und ich die Nacht darin verbringen musste. Ich bekam es so richtig mit der Angst zu tun. Am nächsten Morgen konnte ich mich zum Glück wieder daraus erheben! Selbst dieser Zustand wurde mit der Zeit normal für mich, ich gewöhnte mich daran, einfach die Nacht in meinem Lehnstuhl zu verbringen. Nur wenn der Sitz des Lehnstuhl noch immer nass war von meinem Urin, war ich gezwungen, nicht fernzusehen und legte mich halt ins Bett. Damals fühlte ich mich keineswegs dazu veranlasst, mir Hilfe zu holen oder meinen Hausarzt um Rat zu fragen. Niemals hätte ich mir das Alter derart heimtückisch und mühsam vorgestellt!

Auf einmal durchfährt mich ein Ruck, es fühlt sich an, als wäre ich geteilt worden? Nicht ich habe diese Teilung vollbracht und auch niemand anderes, nicht einmal die Grauen waren daran beteiligt. Es ist einfach passiert!

Von dem diffusen Licht ist nur noch ein schwacher Nebel übrig und ich erkenne mich in meinem Bett liegend, warm zugedeckt. Dort, wo das Matratzentuch unter der Bettdecke hervorlugt, ist es feucht. Bis hin zum Kissen hoch erstreckt sich die gelblich schimmernde Nässe.

Ich schlafe noch, der Mund ist ein wenig geöffnet, jedoch hebt und senkt sich die Bettdecke nicht. Still und unheimlich wirkt die ganze Situation!

Verblüfft bemerke ich, wie sich meine einfachen Schubladengedanken wie von selbst erweitern. So entwickeln sie sich rasend schnell und dabei bilden sich wahrlich Zusammenhänge, die sich ganz präzise aus Farben, Formen, Gerüchen und Empfindungen in mir drin und um mich herum entfalten und sich mir präsentieren? Unzählige Möglichkeiten hätten mir das ganze Leben hindurch zur Verfügung gestanden und keine einzige davon habe ich genutzt, um weiterzukommen, mein Inneres und Äußeres zu befreien. Ich hätte immer wieder aus diesem Hamsterrad der Scheinwelt austreten können. Meine Angst sowie die Bequemlichkeit ließen es nie zu! Es hat mich nie interessiert, einmal etwas anderes auszuprobieren, zu versuchen, anders zu denken, Grenzen zu überwinden. Ich war schon froh darüber, wenn ich überhaupt eine Lösung oder einen Weg für meine einfachen Probleme gefunden hatte. Auch wenn diese Lösung jeweils nicht ganz optimal ausfiel, gab ich mich schnell zufrieden. Die Hauptsache war, mich so rasch wie möglich wieder in meine Komfortzone zu begeben, sodass ich mich wieder treiben lassen konnte oder gar getragen wurde, wenn ich nur genug jammerte!

Langsam aber stetig treibt es mich von meinem Körper fort. Je weiter ich mich entferne, desto frischer und klarer werden meine Gedanken! Es ist ganz klar, dass ich nicht mehr auf der Erde weile, denn mein Körper gehört zur Erde und die dreht sich weiter, während ich nicht mehr zu diesem System gehöre.

Auf einmal befinde ich mich in hohen Wolkentürmen. Das Licht der Sonne lässt die Wolken golden schimmern. Ab und zu offenbart sich mir der Regenbogen, seine Farben leuchten gleißend und wunderschön! Die Wolken werden vom Wind ständig neu modelliert! Dabei fühle ich mich groß, stark und frei! Hier weht der Wind warm um mich herum und durch mich hindurch, er durchlüftet meine weiten, mir gänzlich unbekannten Tiefen. Das Ganze fühlt sich entspannend und befreiend an, gerade so, wie wenn dieser Wind mein Inneres reinigen würde. Ein Windstoss und all meine Lebensmuster sind nach außen gekehrt. Jedes Einzelne, meiner Muster, ist stark begrenzt und scharfkantig. Leicht spielt sich der Wind in sie hinein und verändert diese im Nu! Wieder kann ich nur staunen über diese Eleganz und Leichtigkeit. Mir war es nicht möglich, auch nur ein einziges Lebensmuster zu verändern. Dieses Erlebnis zeigt mir, wie weit und tief ich eigentlich bin, denn ich kann bei mir keine Grenzen erkennen. Unentwegt habe ich ein Leben lang nur meinen Körper betrachtet: Wie geht es ihm? Bin ich gesund? Wie sehe ich aus? Und wo ist mein Körper jetzt geblieben? Er liegt auf dem urinnassen Bett und beginnt zu verwesen!

Der Wind umspielt und neckt meine vielen Sinne, die sich vor mir ganz verkrüppelt zeigen! Er lässt sie aufwachen und schön werden und dies wiederum bewirkt, dass ich mich augenblicklich noch besser und freier fühle!

Hier, in diesen wundervollen Wolken, empfinde ich eine tiefe Zufriedenheit und ich werde von ehrlichem Stolz erfüllt! Die Freiheit ist hier grenzenlos! Mit allem, was um mich herum weht und existiert, bin ich verbunden und ein und dasselbe!

In dieser Vollkommenheit könnte ich ewig sein!

Mein ganzes Leben hindurch habe ich nicht ein einziges Mal versucht, meine Tiefen und mein wahres Wesen zu ergründen! Zu erfahren, um was es eigentlich in einem Menschenleben so geht! Es ist wirklich beschämend für mich, zu sehen, was ich alles verpasst habe. So viele Chancen, die ich einfach „sang und klanglos" vorübergehen ließ! Durch meinen schnellen und abwechslungsreichen Lebenswandel war es mir ja gar nicht möglich, mich tieferen Gedanken und Gefühlen hinzugeben! Auch habe ich sowas nie erlernt! Es ging nur darum, etwas aus mir zu machen, nämlich viel zu besitzen!

Über vieles machte ich mir Gedanken, nur nicht über das Wesentliche, dabei muss ich mir sofort eingestehen, dass ich ja gar nicht wusste, was das Wesentliche war? Wie hätte ich denn leben müssen, um das Wesentliche zu erfahren? Ja, manchmal überkam mich eine Art Depression, dabei fühlte ich mich antriebslos und unglücklich! War dies der Grund, warum ich das Wesentliche nicht erkannt hatte? Auf alle Fälle hatte mir mein Arzt sofort aufhellende Tropfen und Pillen verschrieben. Ich verspürte, dass meine Verstimmtheit nicht ganz vorbeiging, jedoch konnte ich durch diese Aufheller wieder am sozialen Leben teilhaben und weiterfahren wie bisher. Geld generieren und alles wieder verprassen!

Etwas zu hinterfragen, gestaltete sich mir als mühsam und es hätte verlangt, dass ich den einen oder anderen Mitmenschen verärgert hätte und dies wiederum hätte bewirkt, dass ich ausgeschlossen worden wäre!

Auf einmal lässt der Wind nach, die Wolken werden dunkler und ich spüre, dass ich buchstäblich „aus allen Wolken falle"!

Im nächsten Augenblick schwebe ich wieder über meinem Bett, in dem ich immer noch liege! Wenigstens bin ich wieder zu Hause. Meine Erleichterung ist groß. Obschon ich wieder Gewohntes erblicke, befinde ich mich weiterhin in diesem komischen Licht, welches die Wände meiner Wohnung verschlingt. Klare Grenzen kann ich auch keine mehr ausmachen. All die Möbel, die sich in meinem Schlafzimmer befinden, sind auf einmal lang gezogen, dann wieder schmal und hoch, die Kanten bewegen sich milchig weiß hin und her. Selbst die bis dahin klaren Konturen meines Körpers sind aufgelöst, der ganze Körper scheint in Bewegung zu sein, obwohl er immer noch gleichförmig im Bett liegt. Es gibt da diverse Silhouetten, die zum Teil ineinanderfließen oder aber sich unmissverständlich abgrenzen, gerade so, als möchten sie sich von meinem Körper distanzieren. Aus dem Bauch beginnt sich eine blubbernde grünbraune Brühe zu wälzen, die langsam zu mir hochsteigt! Zum Glück beginnt das trübe Licht sie aufzusaugen. Jedoch verteilt sich diese Suppe sofort in alle Richtungen und natürlich zu mir hin! Es stinkt und ist gruselig! Plötzlich heulen die grauen Gestalten auf: „Warum ekelst du dich, he? Schließlich fließt das Ganze aus deinem Körper heraus! Es ist doch nur das Produkt deines erbärmlichen Lebens!" Lachend und grölend tanzen sie um meinen Körper herum. Angewidert will ich mich abwenden, aber wieder kann ich dem Ganzen nicht entfliehen. Meine Kräfte, das ganze Selbstvertrauen, der Stolz und das Glück, welches ich in den Wolken erlebt habe, werden augenblicklich von dieser Brühe aufgesogen. Selbst die Kraft, um mich aufzublähen, fehlt mir. Ich hätte mir erhofft, dass es wieder einen gewaltigen Knall geben würde und sich die Brühe zurückziehen oder eine andere Richtung einschlagen würde! Hilflos und voller Angst muss ich abermals abwarten, was geschieht.

Warum nur kann ich keinen Einfluss mehr auf meinen Körper ausüben, um diesen üblen Strom zum Stoppen zu bringen? Im Nu hat mich die Brühe erfasst und beginnt sich sogleich hart und übelriechend um mich herum zu winden! Rasch kommt zum Vorschein, um was es sich diesmal handelt. Es ist der Hass, die Eifersucht und mein ganz großer Egoismus. Nie habe ich sie in die Schranken gewiesen oder in etwas Schönes und Leichtes umgewandelt. Es ist wieder ein Produkt meines Lebens und ist jetzt mächtiger denn je! Ich bin nicht mehr Herrin über diese Gebilde, die mich um einiges überragen. All diese Energien sind eng mit mir verknüpft! Unverhohlen zeigt dies mir auf, warum ich nie weiterdenken konnte, auch wenn ich es noch so gewollt hätte, mich weiterzuentwickeln, um meinem Leben einen Sinn zu geben. Es war ja jedes Mal dasselbe, denn immer wenn ich dachte, dass dies was ich gerade lebte, nicht das Wahre sein konnte, wusste ich nicht einmal wie und was das wahre Leben überhaupt darstellt. Dann kam da immer wieder die Frage, auf was ich da alles hätte verzichten müssen, und schon nur den Fleischgenuss, wollte ich nicht aufgeben. Es war ja so unbequem, etwas zu ändern! Außerdem hätte es sowieso nie funktioniert, mein Denken war viel zu verklebt und verdreht! Durch meine Lügengebilde hätte ich sowieso nie etwas erkennen können. Früher oder später wäre ich in Sackgassen gelandet!

Ich bedaure hier in diesem Augenblick, mich geistig nicht bewegt zu haben! Die alten Muster durchbrochen zu haben, um in eine andere Liga aufsteigen zu können! Der große, geistige Putz blieb also ein ganzes Leben lang aus. Sämtliche Energien sind verblasst, verwelkt und stauen sich nun überall! Der klare sprudelnde Fluss ist ausgetrocknet und zur geistigen Wüste verkommen!

Endlich zieht sich diese riesige Brühe zurück und verschwindet wieder langsam in meinem Körper, der sich nun grau verfärbt. Sogleich fühle ich mich befreiter und die Gedanken können sich wieder entfalten. Im Moment fühle ich mich ballastfrei, alles Schwere befindet sich in meinem Körper unter mir, wo es aus meiner Sicht auch bleiben kann! Hier, in diesem Augenblick und in diesem einmaligen Befinden, ist wieder jeder Gedanke logisch und leicht zugänglich. Auch wenn ich immer noch meine Gefühlsfesseln trage, genieße ich diesen angstfreien Zustand! Nicht einmal ein schlechtes Gewissen plagt mich mehr. Selbst das trübe Licht verwandelt sich in Pastellfarben, wie ein Regenbogen! Wieder gleite ich langsam nach oben, weg von meinem Körper. Gerne möchte ich wissen, was sich hinter diesem sonderbaren Licht verbirgt, das mir jetzt in den Regenbogenfarben erscheint. Wo sind die Grenzen? Langsam schwebe ich weiter einem noch helleren Licht entgegen. Es zieht mich förmlich an, doch ich vermag nicht, dort hinein zu tauchen. Ganz knapp davor ziehen mich meine körperlichen Energien auch schon wieder nach unten und sofort erscheint mir das pastellfarbene Licht wieder diffus und trüb.

Die Energien, die sich in meinem Körper befinden, ziehen mich wieder zu sich hin. Es kostet mich sehr viel Kraft, mich dem zu widersetzen! Wie lange kann ich diesen Kräften noch entgegenhalten? Ich will doch nicht wieder in meinen alten Körper gleiten! Erneut umschlingt mich eine schwarze Rußwolke und gleichzeitig treten tiefe Zweifel, Unsicherheiten und wieder diese unsägliche Angst in mir auf. Diese ganze Negativität fühlt sich enorm schmerzhaft und belastend an. Es gibt da keinen Körper mehr, der dies alles abfedert und in seinen vielen Windungen versteckt und mich vergessen lässt, dass es da noch Dinge gibt, die ich zu bereinigen oder auflösen soll. Mein Körper, dem ich ein ganzes Leben gewidmet habe, den ich derart poliert und modelliert habe. Der jetzt einfach im Bett liegt und am Verfaulen ist! All das ist wirklich ein Jammer!

Ich aber bleibe ohne Körper und muss weiterziehen, mitsamt den düsteren Energien, die an mir haften! Eine schwere Mutlosigkeit nimmt sogleich von mir Besitz! Auf wundersame Weise fühle ich mich in dieser Mutlosigkeit einigermaßen sicher. Ich kann es mir so erklären, dass ich ein ganzes Leben hindurch so unbeständig, und ohne jemals buchstäblich den Boden unter den Füßen gespürt zu haben, gelebt habe und diese Freudlosigkeit einfach zu mir gehört. Es ist einfach ein Muster, in dem ich mich geborgen fühle. Ich erkenne diese Unsicherheit sofort wieder und sie gibt mir nun, in diesem desolaten Zustand, Halt. Ernüchternd mache ich die Erfahrung, dass ein so niederes Gefühl mir hilft, mich einigermaßen behaglich zu fühlen.

Bloß eines von vielen Mustern, in denen ich mich Jahrelang gesuhlt habe und die mich ein Leben lang gefangen gehalten haben! Nie habe ich den Versuch gemacht, eines dieser Muster zu ändern, damit ich mich hätte befreien können, es dann leichter geworden wäre zum Weitergehen!

Langsam ziehen mich diese Energien wieder in meinen alten Körper. Es graust mich gewaltig davor, doch ich habe keine Kraft mehr, mich dagegen zur Wehr zu setzen! Die grauen Gestalten erfreuen sich an meiner Trauer und das Orchester spielt noch schrecklicher als vorher. Mich belastet ein solch mühseliges Orchester noch zusätzlich! Ich fühle mich elend und kann mich nicht noch an sowas erfreuen! Ich komme mir vor, wie bei einer Beerdigung, nur umgekehrt! Ein Ruck und ich befinde mich auch schon wieder in meinem Körper! Dieser Körper ist mir fremd geworden, irgendwie passt der einfach nicht mehr zu mir. Es ist kalt und steif hier drin und ich fühle, dass ich da nicht mehr hingehöre! Die graue Meute tanzt um mein Bett herum und säuselt mir zu: „Wir werden dir helfen und dich daraus befreien! Auch werden wir dir dabei helfen, deine schweren Energien mit zu ziehen!"

„Ja, aber wohin wollt ihr mit mir gehen?"

„Nicht sehr weit, denn du bist sehr schwer!" Ihre Antwort muntert mich nicht gerade auf! Nein, es muss für mich eine andere Lösung geben und mit solchen Gestalten möchte ich eigentlich nichts zu tun haben! „Aha!", beginnen diese gleich zu plärren. „Mit uns willst du also nichts zu tun haben? Du meinst wohl, du wärst etwas Besseres? Du denkst, du würdest nicht stinken so wie wir? Dabei solltest du dich mal fragen, warum du denn gerade bei uns gelandet bist?"

Ich muss sie korrigieren: „Nicht ich bin zu euch gekommen, ihr seid zu mir gekommen! Außerdem seid ihr absolut keine Engel!"

Ihre Antwort folgt prompt: „Wenn du glaubst, dass du von Engeln abgeholt wirst, warum sind denn keine zugegen?"

Dieser Satz lässt mich noch mutloser werden! Weiter teilen sie mir mit: „Die Zeit in deinem Körper ist vorbei, ja, die ist eigentlich schon lange vorbei, denn du hast ja nichts weiter dazu gelernt und keine nennenswerten Lebensaufgaben erarbeitet, du hast dich nur treiben lassen, ohne jemals etwas zu bewirken!" Ich muss zugeben, es ist so, wie sie es mir sagen!

Also bleibt mir nichts anderes übrig, als mich ihnen anzuschließen!

Die Autorin

Ruth Affolter ist in einem typisch schweizerischen Bauerndorf mit drei Geschwistern aufgewachsen. Nach der Berufslehre zog sie mit ihrem jetzigen Ehemann zusammen. Die beiden lebten und arbeiteten einige Jahre miteinander und gründeten dann eine Familie.

Ruth reist sehr gerne, dabei ist es egal, ob das Ziel nah oder fern ist. Ein kleiner Ortswechsel allein tilgt schon ihr Fernweh und verschafft ihr neue Perspektiven.

novum VERLAG FÜR NEUAUTOREN

Der Verlag

„ *Wer aufhört
besser zu werden,
hat aufgehört
gut zu sein!*

Basierend auf diesem Motto ist es dem novum Verlag ein Anliegen, neue Manuskripte aufzuspüren, zu veröffentlichen und deren Autoren langfristig zu fördern. Mittlerweile gilt der 1997 gegründete und mehrfach prämierte Verlag als Spezialist für Neuautoren in Deutschland, Österreich und der Schweiz.

Für jedes neue Manuskript wird innerhalb weniger Wochen eine kostenfreie, unverbindliche Lektorats-Prüfung erstellt.

Weitere Informationen zum Verlag und seinen Büchern finden Sie im Internet unter:

w w w . n o v u m v e r l a g . c o m